KB114806

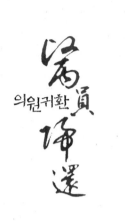

의원귀환

FANTASTIC ORIENTAL HEROES

성상영 新무협 판타지 소설

의원귀환 3

성상영 新무협 판타지 소설

초판 1쇄 찍은 날 § 2014년 4월 23일
초판 1쇄 펴낸 날 § 2014년 4월 30일

지은이 § 성상영
펴낸이 § 서경석

편집부장 § 권태완
편집책임 § 박가연

펴낸곳 § 도서출판 청어람
등록번호 § 제387-1999-000006호
등록일자 § 1999. 5. 31
어람번호 § 제2-2483호

주소 § 경기도 부천시 원미구 부일로 483번길 40 서경B/D 3F (우) 420-822
전화 § 032-656-4452 팩스 § 032-656-4453
http://www.chungeoram.com
E-mail § chungeorambook@daum.net

ISBN 979-11-5681-973-8 04810
ISBN 979-11-5681-904-2 (세트)

성상영 新무협 판타지 소설

3

의원귀환

滿員補選

FANTASTIC ORIENTAL HEROES

도서출판 청어람

第一章

이독제독은 좋은 것이여

이이제이(以夷制夷)
라는 전략은 실제로 몹시 쓸 만하다.
차도살인(借刀殺人)
역시 이이제이와 같은 의미라고 할 수 있는데,
이 두 계략, 전략은 아군의 힘을 온전히 보호하고,
목표로 하는 적을
동시에 해결할 수 있다는 점에서 몹시 쓸 만하다.

어느 군사의 말

일이 잘 풀리는데.

장호는 막 분광검 조청산을 일별하고 금련표국을 나서며 속으로 생각했다.

금련표국. 소림사의 속가제일제자가 세운 강성한 세력을 지닌 집단.

장호가 그런 금련표국의 조청산에게 진선표국의 표사들이 대다수 당했다는 정보를 가르쳐 주고, 진선표국의 표사들을 공격한 자 중에 절정고수가 있다는 말까지 해준 데에는 이유가 있다.

애초에 여기 태원에 오기 전부터 생각한 이이제이의 계책을 위해서이다.

금련표국은 소림사의 후광을 등에 업고 있을 뿐만 아니라, 동시에 금련표국 자체의 세력도 무시할 수가 없다.

거기에 개방에도 이야기를 흘러두었으니, 금련표국과 개방이 움직여 들쑤시고 다닐 터. 그렇다면 암중에서 산적들을 장악하여 이 근방을 어지럽히려던 황교의 밀정들은 그 계획을 실패하게 될 터였다.

그러면 장호에 대한 사실이 탄로 나지 않을 것이고, 장호의 가족은 안전해진다.

장호는 이러한 연계를 위하여 이렇게 금련표국과 개방을 들쑤신 것이다.

강호인은 본래 호전적인 존재이니, 내버려 두면 알아서들 서로 충돌할 터.

그러면 장호는 뒤로 물러나서 서로 싸우는 모습을 구경하면서 웃기만 하면 된다.

"어디 보자… 그러면 잠시 여기 머물기만 하면 되나?"

장호는 객잔 거리로 들어섰다. 오자마자 개방의 거지를 만나고 그다음 금련표국에 들렀으니 머물 곳을 정하지 않은 상태였다.

그러니 이제는 객잔을 하나 얻어야 하지 않겠는가?

개방은 녹록한 집단이 아니니 그들에게 이상하게 보이지 않으려면 여기서 며칠은 머물러야만 했다.

게다가 오늘의 일 때문에라도 개방에서는 장호에 대해서 조사할 것이고, 살아남은 진선표국의 사람들에 의해서 장호의 무위가 밝혀질 터다.

하지만 그전까지는 딱히 자신의 무위에 대해서 말할 생각은 없는 장호였다.

자신이 가진 것에 대해서는 숨기면 숨길수록 유리하니까.

게다가 어차피 곧 황교의 세력과 개방, 금련표국, 그리고 소림사까지 충돌하게 되어 있었다.

자신이 개입하지 않았다면 적당히 금련표국과 싸우면서 이곳 산서성에 혼란을 일으키다가 잠적했겠지만, 이제는 그러지 못하게 된 탓이다.

철피혈부를 죽였고, 철피혈부를 찾아왔던 검은 무복의 중년인도 죽였다. 절정고수가 무려 두 명이나 죽은 셈이다.

황교에서도 절정고수는 제법 귀한 대접을 받는 이들이다. 그런 절정고수가 둘이나 죽었으니 그들도 쉽게 물러나지는 않을 터다.

저벅저벅.

장호는 사 층짜리의 조금 낡은 객잔을 골랐다. 너무 화려하지도 않았고, 너무 지저분하지도 않았다.

역사가 제법 된, 엄청나게 장사가 잘되는 건 아니지만 그래도 오랜 시간 여기서 자리를 버텨온 가게.

저런 곳이 묵기가 좋다는 것을 잘 아는 장호는 성큼성큼 객잔으로 들어섰다.

"어서 옵쇼. 뭐가 필요하십니까?"

장호가 허리에 쓰지도 않는 검을 한 자루 차고 있었기 때문인지, 장호보다 나이가 많아 보이는 점소이가 허리를 꺾듯이 인사하며 장호를 맞이했다.

"방 하나 주시고, 식사 지금 되죠?"

"그럼은요! 저희 객잔은 역사가 백오십 년이나 되었답니다! 식사도 금방 드릴 수 있습죠."

"그래요? 자신 있는 요리로 일인분."

"금방 대령하겠습니다! 이리 앉으시지요."

장호는 객잔의 한쪽 자리에 앉아서 앞으로의 일을 생각했다.

어차피 여기서 며칠 머무른 다음에 집에 돌아가면 장호가 할 일은 더 없다.

세 개의 세력이 박 터지게 싸우든지 말든지 그거야 관심도 없는 일. 이후의 일이 장호에게는 더 중요했다.

바로 두 형의 결혼과 장호 자신의 경지를 더 높이는 것.

이미 장호는 절정의 경지에 이르렀고, 절정고수 중에서도 상위권에 속하는 실력을 지니고 있다고 할 수 있다.

이제 겨우 나이 열넷에 이러한 실력을 지니게 된 것은 그야 말로 대단하다고 할 수 있는 일로, 강호사 전체를 뒤져 보아도 이렇게 빠르게 경지에 오른 경우는 손에 꼽을 만큼 적었다.

그렇지만 자만할 수는 없다.

장호가 익힌 무공은 비록 상승절학에 속하기는 하지만, 신공절학에 비하면 몹시 뒤처지기 때문이다.

여이빙이 익힌 여의음양경만 해도 내공을 무려 십 갑자를 쌓을 수 있게 해주는 신공절학이니, 선천여의강기와는 차원이 다른 무학임이 분명했다.

신공절학은 저마다 한 가지씩 그러한 특별하고 강력한 신위를 발휘하는 특성을 가지고 있어서, 일반적인 무공으로는 대적이 힘들었다.

괜히 신공절학이라고 하는 것이 아닌 것이다.

물론 그런 신공절학을 수련한 이는 이 강호에 많아 봤자 오십여 명도 안 되고, 그들 중에서도 경지에 이른 이는 한 손에 꼽을 정도로 적었다.

강호의 명문대파의 수장과 그 직계제자나 장손들만이 그들의 문파 대대로 내려오는 신공절학을 수련하고 있으니, 그 수가 적은 것에는 이유가 있다.

여하튼 장호는 자신이 전생을 기억하고 있다는 것, 그리고 진서라고 하는 스승을 만났다는 기연 때문에 이렇듯 어린 나이에 전생보다도 더 강해졌다는 것을 안다.

결코 자신이 특별하기 때문이 아님을 알기에, 이대로 평생을 수련한다고 해서 초절정고수가 될 수 있다고는 장담할 수 없었다.

물론 전생에도 그랬듯이 연구하고 궁리하면 불가능한 것도 아니리라.

장호는 잠시 자신의 무공에 대해서 생각하다가 다시금 두 형에 대해 생각을 돌렸다.

일전에 이미 장일의 명의로 약초밭을 구입했기 때문에 장일의 장가는 그다지 큰 문제가 아니었다.

다만 장삼이 문제다.

일전에도 한 번 고민한 바와 같이, 이관에는 객잔이 더 이상 필요치 않았다.

인구가 적기 때문이다.

외부에서 약초를 구매하러 오는 상인이 많고, 가끔 보급이나 여러 문제로 이관에 들르는 표사와 상단들 덕분에 객잔이 몇 개나 유지되고 있긴 하다.

하지만 이미 충분한 숫자이기 때문에 더 이상 수가 늘어난다는 것은 이관의 다른 객잔 주인들과 싸우게 된다는 의미이고, 실제로 돈도 제대로 벌기 어려웠다.

이런 작은 촌 동네가 다 그렇지 않던가?

그래서 장호는 둘째 형인 장삼에 대해서 고민을 하였다.

둘째 형을 어쩐다?

"하필이면 숙수를 해가지고서는……."

멀리 살게 되면 불안한데.

장호는 그저 한숨을 내쉬고 말았다.

"음식 나왔습니다!"

푸짐한 그릇 하나에 기묘하게 생긴 면이 담겨 있고, 그 위에 소고기를 잘게 자른 것이 볶아져 올려 있는 요리가 나왔다.

일단 탕은 탁했지만 몹시 진해 보였고, 구수한 향기가 코를 찔러 식욕을 자극했다.

"저희 면가객잔의 대표 요리인 우육도삭면(牛肉刀削面)입니다."

장호는 점소이의 말에 제법 놀란 표정을 지어 보였다.

중원에서는 소고기 요리보다는 돼지고기 요리를 더 높이 친다.

소보다는 돼지인 셈이다. 어쩌다 그렇게 된 것인지는 장호도 모르지만, 대부분이 그래서 소고기 요리 자체가 그리 많지 않았다.

그런데 우육도삭면이라니?

도삭면은 장호도 잘 안다.

이 산서성의 대표적인 요리인데, 산서성에서는 흔하게 먹을 수 있는 요리이기도 했다.

다만 만드는 방법이 까다롭고 어려워서 제대로 만드는 명인의 수는 많지 않은 요리가 바로 이 도삭면이라는 요리다.

ㄱ자 모양의 기괴하게 생긴 칼인지 틀인지 모를 것을 사용하는데, 그걸로 길고 덩이진 밀가루 반죽을 깎아내서 면을 만드는 독특한 요리이다.

특이한 반죽 때문일까? 아니면 독특한 칼을 써서 깎아내듯이 면을 만들어서 그럴까?

이 도삭면의 식감은 몹시도 비범한 것으로 유명했다. 씹을 때는 부드러운 듯하지만, 안쪽으로는 강한 탄력을 가진 쫄깃한 감촉이 남아 있는 것이다.

하나의 면으로 두 가지 식감을 느낄 수 있으니 이 도삭면이라는 면이 보통 면이 아님을 알 수 있다.

그런데 우육으로 만든 도삭면이라?

"여기 있습니다."

장호는 바로 계산을 치르고 약간의 돈을 점소이에게 주었다.

그 자신이 점소이로 일해보았기에 점소이들의 소득을 잘

알기 때문이다.

점소이는 얼굴이 헤벌쭉해져서는 돌아갔다.

장호는 우육도삭면을 먹으려고 젓가락을 들었다.

"음."

면의 식감이 제대로다.

이곳에서 자랑하며 내놓을 만큼 가치 있는 음식이었다. 딱 먹자마자 명인이 만들었구나! 싶은 것이다.

게다가 소고기의 맛도 아주 듬뿍 담겨져 있었는데, 그 외에도 진하고 구수한 맛이 났다.

이게 대체 무슨 맛이지?

"이건… 소뼈군. 그래. 소뼈야."

소의 뼈.

그것은 종종 약재로도 쓰이기 때문에 장호는 맛의 비결을 알아맞혔다.

소의 뼈까지 고아서 육수를 내다니, 이거 좀 대단한데!

장호는 맛있게 우육도삭면을 먹었다. 그리고서 형인 장삼에게 우육도삭면을 만드는 방법을 연구시켜야겠다고 생각했다.

그런데, 작은 마을인 이관에서는 우육도삭면을 먹을 만한 사람이 없는데?

"마을을 좀 키워?"

장호는 그런 생각까지 하면서 이런저런 궁리를 하고 있었다.

그때다. 한 명의 소녀와 한 명의 사내가 객잔에 들어오는 것이 아닌가?

소녀는 활동하기 편한 바지를 입었지만 여자아이라는 것을 충분히 알 수 있을 정도로 귀엽고 예쁘장했다.

나이는 이제 겨우 열 살 정도 되어 보이는 아이였고, 그 뒤에 선 사내는 이제 나이가 마흔에 이른 듯한 사람이었는데, 강인한 눈매가 인상적인 사내였다.

사내는 검은 무복을 입었고 허리에는 검을 한 자루 차고 있었으나 장호는 그가 검수가 아님을 알아보았다.

손.

손은 거짓을 말할 수 없다.

장호가 본 그의 손은 검수의 손이 아닌 권사의 손이었다.

장호 스스로도 권법을 주장기로 하고, 또한 의원으로서 많은 무인을 진찰해 본 경험이 있기에 잘 알았다.

척 봐도 강해 보이고, 근육도 아주 잘 발달한 사내. 그런데 장호는 그의 내공의 깊이를 잘 알 수가 없었다.

그의 몸에서 기운이 흘러나오지 않았기 때문이다. 그런데 장호의 경험상 저런 사내가 약할 리가 없다.

그렇다면 반대로 생각해야 한다.

그가 약한 것이 아니라, 장호보다도 월등히 강한 자!

반박귀진의 경지!

즉, 그는 최소 초절정의 고수인 것이다.

초절정고수인 사내와 그 딸로 보이는 아리따운 소녀라!

장호는 이 조합에 대해서 곰곰이 생각해 보았다.

이런 자들이 강호에 있었던가?

장호보다 네 살 어리다면, 장호가 황교를 조사하러 떠나던 서른다섯 살 때에 그녀는 서른 살이라는 것이 아닌가?

크면 대단한 미녀가 될 소녀, 그리고 그녀의 아버지로 보이는 고강한 무인.

그렇게 골똘히 생각하다가 결국 고개를 흔들어 생각을 털어버렸다. 어차피 저들이 누구이든지 그와는 별 상관이 없었다.

어차피 그들과 엮일 생각이 조금도 없으니까 말이다.

소녀와 중년인은 한쪽으로 가 앉아서 음식을 주문했고, 장호는 이내 그 둘에게서 시선을 떼고 자신의 음식에 집중했다.

*   *   *

"후우."

제법 비싼 방을 빌렸기에 방 안에 욕탕이 있었고, 장호는 뜨거운 물을 받아 느긋하게 목욕을 했다.

때를 밀어내고 옷도 대충 빤 다음 내공을 불어 넣어 탈탈 털어 말렸다. 그다음 다시 입자 기분이 한결 좋아졌다.

그는 의원인만큼 온욕의 효과에 대해서도 잘 안다.

중원의 의술은 세 가지로 이루어져 있다고 해도 과언이 아닌데, 첫째가 침이고, 둘째가 약이며, 셋째가 뜸이다.

그 외에도 추나, 부술 같은 의술도 있지만 기본은 위에 말한 세 가지였다.

그런데 세 번째인 이 뜸이라고 하는 의술은 온도를 이용하여 몸을 다스리는 방법으로, 온욕에도 그와 비슷한 효과가 있음을 그는 잘 알았다.

특히 화산 지대의 대지에서 흘러나오는 뜨거운 온천수의 경우에는 더더욱 강한 효과가 있다는 것도 알았다.

그가 알기로 동이족은 온돌이라고 하는 방식의 방한장비를 가지고 있는데, 이는 요추통증 치료에 특효라고도 했다.

여하튼 그는 목욕을 하고는 기분 좋게 자신의 침대에 앉아서 내공을 수련했다.

매일매일 빠짐없이 내공 수련을 하는 것은 그의 오랜 습관으로, 지금의 그가 있게 만들어준 원동력이라고 할 만했다.

더 이상 유가밀문의 체법으로는 아무런 효과도 보지 못하니 이제는 다른 강호인들처럼 부지런히 내공을 쌓아야 했다.

선천의선강기는 가뜩이나 내공이 잘 모이지 않기 때문에 부지런히 연마하고 내공 수련을 보조해 주는 단약들도 먹어야 한다.

그러니 하루라도 거르면 그만큼 강해지는 길과는 거리가 멀어진다고 보아야 했다.

선천의선강기가 비록 그 순후함이 강호에서 따를 이가 없을 정도이기는 하지만, 그렇다고 내공의 절대량이 중요하지 않은 건 아니기 때문이다.

"하아아."

장호는 그렇게 잠도 자지 않고 태양이 떠오르는 그 순간까지도 계속해서 내공 수련을 했다.

이윽고 다음 날이 되었다.

장호는 아침을 먹기 위해서 자리에서 일어섰다.

"응?"

객잔의 아침은 바쁘다.

우선 객잔에 투숙하는 손님들이 아침 식사를 하러 오고, 일터로 향하는 근처의 주민들이 간단하게 아침을 때우기 위해서 오기 때문이다.

물론 근처 주민은 대부분이 만두를 사서 봉투에 싸서 가져간다. 걸으면서 먹기 위해서이다.

앉아서 먹는 이는 대부분이 외지에서 와서 객잔에 투숙하는 손님뿐.

여하튼 그런 손님들에게 요리를 만들어주고, 일터로 향하는 주민들에게는 만두를 팔아야 하기에 객잔은 바빴다.

그런데 그런 바쁜 일상의 객잔 한쪽 구석에 웬 거지가 앉아서는 술을 홀짝이면서 마시고 있는 것이 보였다.

문제는 그 거지가 범상한 거지가 아니라는 점이다.

저 사람이 왜 여기에 있는 거지?

강호는 경악하였고, 덕분에 계단에 우뚝 서버리고 말았다.

낡아 빠진, 그러나 깨끗이 빨아서 더럽지는 않은 허름한 누더기 옷.

거기에 허리춤에 세 개의 호리병을 매달았으며 왼손의 새끼손가락 하나가 없다.

비록 피부가 거친 고목 같지만 주름이 많지 않고 머리는 새하얗게 새었으며 수염은 염소수염 같다.

체구는 보통 사람보다 작고 왜소한데다가 얼굴도 그리 호남형은 아닌 노인.

장호는 그를 안다.

그는 이런 데서 혼자 술을 마실 만한 사람이 아니라는 것도 알고 있었다.

장호의 기억이 정확하다면 그는 강호에서도 손꼽히는 괴

인이며, 가장 강한 열 명의 절대자 중 하나이기도 했다.

"웅? 나를 알아보네? 일루 와봐라. 어여."

노 거지의 목소리가 바로 옆에서 속삭이는 듯 장호의 귓가에 쏙 들어온다.

장호와 노 거지의 거리는 십 장 정도 떨어져 있는데 이렇게 말을 걸다니!

이는 천리전성이라 부르는 강호의 절대고수들만이 사용하는 전음이 분명했다.

이를 사용하려면 내공이 적어도 이 갑자에 달해야 한다고 알려져 있으며, 화경의 경지에 이르지 못하면 안 된다 하였다.

그런 것을 이리 자연스레 사용하다니?

장호는 자신이 잘못 본 것이 아니라는 것을 확신할 수 있었다. 사실 전생에서도 먼발치에서 그를 보았기에 알 수 있었던 것이기도 하다.

저벅저벅.

척.

장호는 포권을 하면서 몸을 숙여 보였다.

"방주님을 뵙습니다."

개방 방주 구지신개!

지금으로부터 십 년 전에도 개방의 방주였으며, 구지신개라고 불리우는 불세출의 절대고수!

또한 앞으로도 십수 년간은 개방의 방주로 지낼 것이다.

왜냐하면 황교를 조사하러 떠나던 그 당시에도 그는 개방의 방주였으며 천하십대고수였기 때문이다.

천하십대고수의 자리를 무려 삼십 년 가까이 지키고 있는 노괴물이 바로 그이니, 진정 대단한 사람이라고 할 수 있었다.

"나를 아느냐?"

"풍문으로 들어보았습니다."

"그으래? 풍문이랑 따악 들어맞아서 알아봤다는 건가?"

"예."

"흐음, 똘똘하구먼. 이리 앉아봐라."

장호는 긴장한 채로 구지신개의 앞자리에 앉았다.

갑자기 구지신개가 나타나다니! 이는 전생에서는 없었던 일이니 긴장하지 않을 수 있으랴!

第二章

요건 몰랐네

사람은 자신이 아는 것보다
모르는 것이 더 많다는 것을
확실히 인지하고 있어야 한다.
그렇지 않으면, 종종 스스로의
생각이 만든 함정에 빠진다.

심리학자

"헉헉."

개방의 방도로 보이는 거지가 산속을 내달리고 있었다.

그 속도는 상당히 빨랐고, 비록 숨은 거칠지만 그의 움직임
은 안정적이었다.

경공의 고수로 보이는 그는 지금 도망 중이다.

"이, 이 사실을 알려야… 헉헉."

"알리긴 뭘 알린다는 거지?"

그때다.

산속을 달려 도주하던 거지의 앞에 검은 복면을 뒤집어쓴

사내 한 명이 나타났다.

검은 가죽으로 만든 장화를 신고 있는 그는 위에도 가죽으로 만든 갑주를 입었다.

마치 관병에게 복면을 뒤집어씌운 듯한 모습.

"어, 어떻게 여기까지……."

"네가 새보다 빠르지는 않잖아."

"크윽!"

"개방이 벌써 냄새를 맡고 끼어들 줄은 몰랐어. 과연 개방. 빠르군."

"네놈들의 기도는 무산될 것이야!"

"그럴까?"

검은 가죽의 갑주를 입은 복면인이 천천히 개방도에게 다가들었다.

"그러나 너는 이후의 일이 어떻게 흘러갈지 보지 못하겠지. 유감이군."

그리고 어느 순간, 복면인의 손이 개방도의 목을 잡아 부러뜨리고 있었다.

콰릉!

하늘에 먹구름이 끼고 비와 함께 번개가 치기 시작했다.

"시작하라고 해라."

"예!"

　　　　　*　　　　　*　　　　　*

　"진선표국의 표사 칠 할이 몰살?"

　"그렇습니다, 국주님."

　"개방은?"

　"개방에서도 움직이고 있는 정황을 포착했습니다."

　금련표국주 번청산.

　그는 자신의 외조카가 가져온 소식을 듣고 바로 조사를 시작했다. 조청산이 바로 그의 외조카였던 것이다.

　번청산은 진선표국이 그리 나약한 표국이 아님을 잘 안다. 그런데 진선표국의 표사가 칠 할 이상 몰살당했다는 것을 지금 확인하였으니, 이번 일이 보통 일이 아님을 알 수가 있었다.

　절정고수 두셋을 포함한, 거의 백여 명의 무인을 죽였다면 당연히 보통 일이 아닐 터다.

　상대는 압도적인 전력을 갖추었을 것이며, 그 정체는 베일에 감싸여 있다.

　"장호라고 했던가?"

　"예."

　"그 어린 의원은?"

"객잔에 머물고 있습니다. 또한 개방도와 접촉했습니다. 그래서 개방이 움직이고 있는 것이기도 하지요."

"진선표국주는?"

"그는 아직 무사합니다."

"그렇군. 표국주가 표행을 나설 일은 없었고, 불시에 기습 받은 셈인가."

진선표국주.

그는 절정고수로 알려져 있지만 사실 초절정의 경지에 이른 것을 번청산은 잘 알고 있었다.

그가 만약 표행에 끼어 있었다면 이렇게까지 당하지는 않았을 터였다.

그러나 결과가 그리 바뀌지 않았을 것이기도 했다.

상대의 정체는 모르겠지만 그 수가 적지는 않을 것 같다는 느낌이 들었으니까.

아무리 초절정의 경지에 이른 고수라고 해도 숫자 앞에는 장사가 없는 법.

"모든 표행을 중지해. 손해를 보더라도 식구를 잃을 수는 없으니."

"예."

"그리고⋯ 소림사에 전서구를 띄우게. 사형 중 한 명이라도 오신다면 큰 전력이 될 게야."

"알겠습니다."

금련표국주 번청산은 불길함을 느꼈고, 육감을 믿고서 소림사를 불러들였다.

장호의 계획대로 되어가는 셈이었다.

*　　　*　　　*

"그래서, 네가 의선문의 전인이라고?"

구지신개 곽춘.

이름은 촌스럽긴 하지만 아무도 그의 이름을 가지고 비웃지 못할 정도로 강한 절대자.

그는 장호가 시킨 우육도삭면을 먹으며 질문을 던지고 있었다.

"전인이 아니고, 당대 문주입니다."

"의선문의 맥이 끊어졌다 생각했는데 아니라니 다행이긴 하군. 그럼 선천의선강기를 익혔겠구나?"

"당연한 것 아니겠습니까?"

"그건 그렇다만."

"본 문에 대해서 꽤 자세히 아시는군요?"

"노부가 젊었을 적에 신세를 진 적이 있었지. 그게 오십 년 전이던가?"

"연세가 어떻게 되시는데요?"

"글쎄다? 세보지 않아서 모르겠다만, 내가 지금 한 칠십은 될 거야."

"우와, 정말 정정하시네요."

"너도 내공이 빵빵하면 나처럼 되느니라."

빵빵하면이라는 말은 또 어디서 주워들은 거야?

장호는 구지신개 곽춘의 말에 의아함을 느꼈지만, 내색은 하지 않았다.

사실 이런들 어떻고 저런들 어떠랴?

구지신개 곽춘이 왜 여기에 있는지가 중요한 것이다.

그도 과거 이 시점의 일은 자세히 모른다.

다만 황교의 무리로 보이는 자들이 산적들을 부려서 금련 표국을 무너뜨렸으며, 동시에 몇몇 표국을 전부 박살 내어 산서성 전체에 혼란을 가져왔다는 정도다.

혼란을 가져다주었다고 해서 그 당시의 장호에게 별다른 피해가 온 것은 없긴 하다.

애초에 이관현 자체가 사람이 별로 없고 소상인만 들락거리는 곳이라 그런 것이다.

그 당시에 구지신개가 있었다면 사건이 그렇게까지 크게 확대되지는 않았을 터. 그렇다면 확실히 과거 당시에 구지신개는 없었다는 말이 된다.

그런데 지금은 구지신개가 여기에 있다.

미래가 대체 어떻게 바뀐 거야?

장호는 속으로 혀를 찼다.

"그, 그렇군요."

"그런 거지. 그나저나 네가 진선표국의 참사를 알렸다고 했지?"

"그렇습니다."

그것도 알고 있어?

"네 녀석 경지를 보아하니, 이관이라는 마을에서 진선표국을 구한 것이 너인 것이 분명하고. 그래서 직접 이렇게 구원군을 부르러 온 거겠지?"

나는 다 안다.

그런 표정으로 묻는 구지신개의 얼굴은 늙은 노강호의 그것이었다.

"바로 그렇습니다."

장호는 순순히 대답했다. 이 정도야 뭐 가르쳐 줘도 무방한 일이다.

"흐음. 네가 볼 때 그 암중의 악도들이 누구인 것 같으냐?"

"그건 이제부터 알아봐야 하는 일 아닙니까?"

나는 알지만, 말해줄 수는 없거든요.

장호는 속으로 그렇게 생각했다.

진선표국을 습격한 자들에 속한 철피혈부만 보아도 황교가 배후라는 것을 알 수 있다.

그러나 그것은 장호가 미래에서 살다 온 사람이기 때문에 알고 있는 사실이라서 증거를 댈 수가 없다.

설사 증거를 찾아서 댈 수 있다고 할지라도, 장호는 황교의 일에 별다른 관심을 두지 않을 생각이었다.

전생에서도 장호는 그리 대단한 사람이 아니었다.

애초에 황교의 조사를 하기 위해 모였던 자들 모두가 쟁쟁하던 인물이었고, 장호만이 가장 뒤떨어지던 사람이 아니던가?

여하튼 그런 것은 장호에게 그리 중요한 일이 아니기 때문에 장호는 신경을 쓰고 싶지도 않았다.

지금도 그렇다.

비록 일이 어떻게 꼬여서 이렇게 된 것인지 모르겠지만, 여기에 개방의 방주인 구지신개 곽춘이 나타났으니 황교의 무리는 크게 패퇴하고 말 터였다.

"네 녀석은… 강호의 일에 관심이 없구나?"

"강호인들의 싸움은 늘 있어 왔으니, 그들끼리 알아서 하겠지요. 저는 그저 고향에서 의방을 운영하면 그것으로 족합니다."

장호의 말에 구지신개의 주름진 눈이 가늘어졌다.

그 눈길을 받아내면서 장호는 떳떳하게 음식을 주워 먹었다.

"묘하도다. 네 녀석은 생긴 것은 어린데 세상을 다 산 노인네처럼 구는구나."

"제가 어렸을 적에 고생을 많이 했거든요."

장호는 당당하게 말했고, 구지신개는 그런 장호를 바라보다가 고개를 끄덕인다.

"흐음, 그래. 네 녀석의 말에 거짓은 없는 모양이구나. 좋다. 그럼 나중에 보자꾸나."

그러면서 구지신개는 자리에서 일어섰다. 그런 그의 태도에 놀란 것은 장호였다.

저 노인네는 왜 온 거지?

"저기, 방주님."

"왜 그러느냐?"

"그걸 물어보기 위해서 오신 건가요?"

"겸사겸사지. 마침 이 근처를 지나고 있는데, 본 방의 비표가 보이길래 와본 거다."

그 말에 장호는 한 가지를 깨달았다.

빨랐다.

만약 장호가 개입하지 않았다면 개방이 움직이는 시간은 늦어졌을 터.

그렇다면 구지신개는 이 지역을 그냥 지나쳤으리라.

애초에 구지신개는 방주임에도 개방을 관리하지 않기로 유명하다.

대신 개방은 일곱 명의 장로인 칠개가 운영한다.

그들 칠개는 모두 초절정의 고수이고, 개방의 비전절기를 하나씩 전수받았다고 하는 존재이니만큼 만만한 자들은 아니었다.

그들이야말로 개방의 장로이니, 보통의 실력은 아닌 것이다.

그들이 개방을 운영하고 방주인 구지신개는 자기 마음대로 세상을 주유하는데, 그는 의기천추를 방훈으로 삼는 개방의 방주답게 여기저기를 돌아다니면서 온갖 부정부패와 악행들을 분쇄하고 다니기로 유명한 사람이었다.

그런 그가 우연히 여기를 지나고 있을 때 장호가 개입해서 그도 엮인 것.

이로써 미래가 바뀌고 만 것이다.

실수라고 해야 할까? 아니면…….

장호는 지금 이 사실을 속으로 곱씹었다.

"그럼 몸 보중하십시오. 다음에 뵙겠습니다."

"홀홀. 네 녀석, 스승이 귀천했다지?"

"그렇습니다만……."

"개방도가 될 생각은 없느냐? 네 녀석이 알까 모르겠다만, 개방도는 두 부류로 나뉘거든."

개방.

거지들의 집단.

그러나 실제로는 순수하게 거지들로만 이루어진 집단은 아니다.

개방의 방도 중에서는 거지 노릇을 하지 않는 이도 제법 있었다.

어떤 이는 의원이고, 어떤 이는 장사를 한다. 그럼에도 그들은 모두 개방도인 것이다.

다만 개방도임에도 거지가 아닌 이들은 개방의 행사에 적극적으로 참여할 수는 없었다.

다만 개방에 기부금을 내고, 개방의 보호를 받고 개방의 무공을 배울 뿐이다.

"그럴 수는 없지요."

장호의 거절에 구지신개는 쓰게 웃어 보이고는 등을 돌린다.

"그럼 또 보자꾸나."

그리고는 바람처럼 훅! 하고 사라져 버렸다.

절정에 이른 경공이었다.

"작전을 멈추라는 명입니다."

검은 가죽으로 만든 갑주와 장화를 신은 자는 나른한 표정으로 침상에 누워 있었다.

그런 그의 앞으로 검은 그림자가 떨어져 내려 부복하더니 입을 열었다.

"왜?"

나른한 표정의 사내는 눈을 뜨지도 않은 채로 되묻는다.

"구지신개가 나타났습니다."

"구지신개? 그 노괴물이 왜 나타났지?"

구지신개.

개방의 방주.

나이는 이제 일흔둘.

이미 나이 사십에 절대경지라고 일컬어지는 화경에 접어든 천재.

일흔둘이 된 지금은 그 무위가 어느 경지에 닿았는지 알 수 없음.

강호십대고수중 가장 강할 것으로 추정되는 세 명인 삼존 중 하나.

"우연입니다."

"우연이라. 본 교에서도 그의 행적은 찾을 수 없었으니, 우연이라면 우연이겠지. 철수라, 재미없군."

"완전 철수는 아닙니다."

"그러면?"

"잠복입니다."

"흐음, 목표가 아직 여기에 있으니까 그런 것인가?"

"그럴 것이라고 사료됩니다."

"좋아, 잠복할 장소로 가자꾸나."

"존명."

검은 그림자는 다시금 사라졌다.

"구지신개. 그 노괴물과 한번 싸워보고 싶은데… 방도가 없으려나."

갑주의 사내는 침상에서 홀로 누워 중얼거렸다. 그는 구지신개와 꼭 싸워보고 싶은 모양이었다.

*   *   *

"구지신개……."

구지신개가 강호를 대표하는 전설적인 고수인 삼존 중 하나라는 것을 장호는 잘 알고 있었다.

황교의 난이 일어날 적에 구지신개는 혁혁한 전과를 올렸다.

그의 절세무공에 박살 난 황교의 마물이 얼마나 많던가?

황교는 기괴한 집단답게 여러 가지 사이한 무공을 많이 가졌으나, 구지신개에게는 통하지 않았다.

나중에 황교의 사대호법이라는 자들이 나타나기 전까지 구지신개를 막을 수 있는 자가 없었을 정도였다.

천하십대고수 중에서도 삼존에 꼽는 존재이니, 어찌 보면 당연할 수도 있다.

검존 검치 섭인정.

장존 구지신개 곽춘.

색존 음양뇌살 호요인.

검치 섭인정은 검에 미친 한 명의 검객인데, 이자도 구지신개와 거의 비슷한 나이의 노고수이다.

이 사람은 말 그대로 검에 미쳐서, 세상의 검법이란 검법은 모두 익히고 구경하려고 들었다.

그 무위가 천하제일이라고 부를 정도의 존재이지만, 그 성격이 괴이편랄해서 모두가 꺼리는 인물이기도 했다.

구지신개 곽춘은 장호가 본 대로의 인물이고, 세 번째 인물인 색존 음양뇌살 호요인은 다른 두 명보다도 더 이질적인 존재였다.

음양뇌살 호요인은 오천 명에 한 명꼴로 태어난다는 음양인(여성과 남성을 둘 다 가지고 있는 사람. 실제로 현대에서도 오천 명에 한 명 꼴로 태어난다는 통계 자료가 있다. 현대에서는 인터섹슈얼이라는 학명을 가졌다)인데, 보통 음양인의 경우 남성기든 여성기든 둘 다 제대로 된 형태를 띠고 있지 않은 기형인 경우가 많은데 비해서 이 호요인은 두 개의 성기가 모두 훌륭한 형태를 가지고 있다고 알려져 있다.

그는 겉으로는 완벽하고 몹시도 아름다운 여성처럼 보이는 외형을 지녔고, 음양반생경이라고 하는 신공절학을 익혔다고 했다.

나이는 다른 두 명에 비하여 적은 오십대로 알려져 있지만, 그 외모는 아직 이십대 초반으로 보이는 괴인이기도 하다.

이들을 일컬어 삼존이라 부르고, 남은 일곱 명을 칠왕이라고 강호에서는 평한다.

삼존은 칠왕에 비해서 확실하게 더 강한 자들.

그렇다고 해서 칠왕을 무시해서는 안 된다.

이들 칠왕은 삼존을 제외하면 강호에서 견줄 자가 없다고 할 정도의 강자였기 때문이다.

과거에는 화경의 절대고수가 각 문파마다 적어도 열 명 정도는 있었다고 한다.

그러나 지금은 강호에서 화경에 이른 이들이 천하십대고수 외에는 존재하지 않았다.

그만큼 이들의 강함은 독보적.

그런 천하십대고수 중에서도 삼존 중 하나라고 알려진 저 구지신개가 나타났다는 것은, 황밀교의 전력이 꽤 와 있다고 할지라도 박살 날 거라는 말이나 다름이 없었다.

"미래가 너무 바뀌었는데……."

이대로 가면 금련표국은 무사할 것이며 진선표국도 그 세력이 약화되었다고는 하지만 명맥을 이어나가게 될 거다.

이 산서성에 일어날 혼란은 없었던 일이 될 것이고, 이곳에 힘을 쏟던 황밀교는 그 힘을 다른 곳에 쓰게 되리라.

미래가 바뀐다.

어떻게 바뀔 것인가?

"그러고 보면… 그 녀석은 지금 어디에 있으려나?"

진무룡.

일인전승의 신비문파 선검문의 전인이며 당대 문주.

아마 지금쯤이면 그 녀석도 선검문의 무공을 익히고 있을 터다.

그리고 제갈화린도.

"흐음."

장호는 객잔의 한 자리에 앉아서 생각에 잠겼다.

사실 지금 중요한 것은 그런 것들이 아니었다.

문제는 미래가 바뀌었다는 것이고, 그렇다면 앞으로 두 형의 안전을 보장하기가 어렵다는 것이다.

홀로 살아갈 적에는 이런 생각을 할 필요가 없었지만 지금은 다르다. 가족이 있지 않은가?

"어떻게 한다?"

장호의 고민은 깊어져만 갔다.

第三章

어떻게 할끄나?

세상사 모두가 다 뜻대로 되는 것은 아니다.

누군가의 말

"어째 별일이 없네."

구지신개가 다녀간 이후 나흘이 지났으나 별다른 소문이나 이야기는 듣지 못했다.

그나마 알게 된 것은 금련표국이 표행을 멈추었다는 것과 개방도가 상당히 증가했다는 점이다.

하지만 그 수가 늘었다고 해서 황밀교와 충돌한 것은 또 아니었다.

아마도 황밀교에서 몸을 사리고 있을 터다.

"흐음."

만두와 소면을 앞에 두고 창문 밖을 바라보던 장호는 이내 고개를 돌려 눈앞에 놓인 요리를 먹기 시작했다.

황밀교의 일은 이제 사실 장호의 관심 밖의 일이다.

그런 일들은 이제 아무래도 좋았다.

미래가 바뀔 것을 기정사실로 놓고 보았을 때, 어떻게 해야 자신에게 이득일까를 고민해서 결정을 해야만 했기 때문이다.

지금도 시간은 흘러가는 중이니, 어느 쪽이든 결정을 내려야 했다.

현재 장호가 생각하기로 그 자신이 할 수 있는 일은 몇 가지 안 된다.

첫째, 장호 스스로의 강함을 더 빠르게 추구한다.

둘째, 세력을 만든다.

셋째, 다른 세력에 가입한다.

단지 세 가지가 장호가 할 수 있는 일일 것이다.

첫 번째 방법은 두 번째와 세 번째와 관계없이 늘 해야만 하는 것이지만, 두 번째와 세 번째는 서로 양립할 수가 없다.

안전을 확보하는 가장 좋은 방법은 의외로 홀로 강해지는 것일 수도 있다는 것이 맹점이다.

왜냐하면 강대한 세력이라고 해서 몰락하지 않는 것이 아니며, 그런 세력의 일원이라고 할지라도 의외로 많이 죽어나가기 때문이다.

물론 장호는 절정의 고수이니만큼 그리 쉽게는 죽지 않지만, 그렇다고 해서 안전한 것도 아니었다.

게다가 장호의 가족을 지키려면 선택지는 더더욱 줄어들게 된다.

자, 어떻게 한다?

우물우물.

만두를 입에 넣고서 크게 씹어 먹으며 여러 가지 가능성을 생각하던 장호.

결국 장호는 한 가지 결론에 이르렀다.

바로 스스로의 수련에 매진한다.

단지 그것만을 하기로 한 것이다.

어차피 이관에서는 급한 환자가 거의 없고, 대부분 진가의 방의 약을 사러 오는 이가 전부다.

인구가 적은 마을이니 당연하다면 당연한 일.

두 남매를 잘 가르쳐 약을 조제하는 기술을 확실히 익히게 만든다면 그 스스로의 무공수련 시간을 많이 만들 수 있을 것이다.

두 번째 방법인 세력을 만드는 것을 포기한 것에는 이유가 있다.

세력을 만드는 것도 쉬운 일이 아니고, 어중간한 세력의 경우에는 도리어 공격당하기 십상이다.

진선표국이 당한 것이 그런 경우 아니겠는가?

그렇다고 다른 세력에 가입하는 것도 조금 애매하다.

거대문파라고 해서 안전한 것은 아니니까.

그렇다면 결국 장호 스스로가 강해져야 했다.

적어도 초절정의 경지에 이른다면 어디에서도 큰 위기를 겪지 않으리라.

게다가 전생과 다르게 지금은 어마어마한 내공을 가진 상태였다.

스승인 진서가 그에게 물려준 내공이 있지 않던가?

무려 일 갑자를 넘는 선천의선강기다. 그 순후함은 따라올 내공이 거의 없어서 위력이 무시무시했다.

같은 절정고수인 철피혈부와 철피혈부를 찾으러온 중년인까지 모두 장호에게 손쉽게 살해된 것만 해도 그런 이유였다.

후르륵.

초절정의 경지. 과연 단시간 내에 오를 수 있을까?

검기(劍氣)나 권기(拳氣)를 사용하는 것이 바로 절정의 경지다.

그다음 단계인 초절정의 경지는 바로 검사(劍絲)나 장풍(掌風)이다.

검기를 가는 실처럼 뽑아내어 허공을 격하고 멀리 떨어진 사물을 잘라내는 것이 바로 검사의 경지이고, 장풍은 손을 통해서 내공을 뿜어내어 원거리의 상대를 타격하는 경지이다.

둘 다 내가진기를 유형화하여 격공의 원리로 적을 공격하는데, 그 위력도 강하지만 효용 가치도 무궁무진하다.

단점이라면 내력의 소모가 많다는 점.

아무래도 검이나 권에 기를 담아 공격하는 것과 똑같은 파괴력을 지녔다 해도, 진기가 더 많이 소모될 수밖에 없기 때문이다.

여하튼 초절정의 경지가 되기 위한 기본적인 내공 수준은 일 갑자로 알려져 있다.

절정고수가 사실 반 갑자의 내공을 가지면 된다고 하니, 장호는 내공만 따지면 이미 절정고수 수준은 된다고 할 수 있었다.

그렇다면 장호가 초절정의 경지에 이르지 못한 것은 바로 무리를 깨닫지 못했다는 이유 하나밖에 없다.

깨달음!

무리를 통달하여 새로운 경지로 나아가는 것.

그것이 부족하다.

문제는 이 벽이라는 것이 결코 만만하지 않다는 것이었다.

무리의 통달이라는 것이 어디 쉬운 일인가?

만약 쉬웠다면 세상에 절정고수나 초절정고수의 수가 여

기저기 널렸을 것이다.

사실 절정고수의 수는 제법 있는 편이다.

내공이 받쳐주고, 그리고 오랜 시간 고련만 한다면 누구나 절정고수는 될 수 있기 때문이다.

특히 거대문파에서 적어도 이십 년 이상 수련한 이들은 대부분이 절정고수가 된다는 것은 익히 알려진 사실이었다.

문제는 그다음 단계인 초절정의 경지.

적어도 열 명 중 하나만이 절정에서 초절정의 경지로 나아간다고 알려져 있었다.

이는 명문대파라고 해서 다르지 않으니, 단지 체계적인 무공의 수련과 훈련 방법만 가지고는 안 되는 영역이라는 것이 모두의 생각이었다.

꿀꺽.

소면 그릇을 들어 국물을 마시고 내려놓았다.

뜨뜻하고 맛있는 국물 맛이 일품이다. 도삭면을 하나 먹을까 하다가 소면을 시켰는데, 이것도 아주 좋았다.

"여기 계산."

장호는 점소이를 불러 계산을 했다.

* * *

장호는 며칠간 더 머물다가 금련표국으로 향했다.

예전과 같이 보표를 구하였는데, 이번에는 장호 혼자 가는 것이라 보표를 세 명만 고용했다.

그리고 역시 마차와 마부까지 고용해서 편안하게 이관으로 돌아왔다.

딱히 별다른 일들은 없었다.

습격도 없었고, 별다른 분쟁도 없었다. 장호는 표사들에게 적당히 사례를 한 다음에 그들을 돌려보냈다.

그렇게 해서 진가의방에 도착한 장호가 본 것은 썰렁한 의방의 모습이었다.

"어라?"

진선표국 사람들 어디 갔어?

장호는 의문에 고개를 두리번거렸다.

"이연! 이진!"

장호가 내공을 살짝 섞어 두 남매를 불렀다. 그러자 안쪽에서 다다다! 하는 소리가 장호의 예민한 귀에 들리더니 한 명은 제약실에서 나왔고, 다른 한 명은 본채에서 나왔다.

"의원님, 다녀오셨어요!"

이연은 앞치마를 두르고 있었고, 이진은 손에 걸레를 하나 들고 있었다.

아무래도 이연이 제약실을 정리하고 이진은 청소를 하던

중이었던 것 같았다.

"오냐, 잘 있었니?"

"예, 의원님."

"잘 있었습니다. 의원님께서는 별일 없으셨나요?"

이연의 말에 장호는 왠지 흐뭇해졌다.

요 귀여운 꼬마아이는 여아임에도 똘망똘망한 것이, 앞으로 크게 될 아이 같았다.

무공도 슬슬 전수를 해야겠지?

"그래, 별일은 없었다. 너희는 별일 없었어?"

"예, 없었어요."

"그렇다면 좋지. 그런데 진선표국의 사람들은 어디로 갔지?"

"그들은 열흘 전에 스스로 떠났어요."

"어디 간다고 말은 안 하고?"

"예."

"흐음."

진선표국 사람의 수는 상당히 많다. 게다가 거의 대부분이 부상자.

장호가 치료를 해주었다만, 치료한다고 해서 상처가 바로 낫는 건 아니다.

그들의 부상은 정양을 할 경우 적어도 한 달에서 두 달 정도는 걸려야 완치가 가능한 수준이었다.

그런데 이동했다라?

"쯧쯧, 이래서 강호인이란……."

강호인들은 자신들의 생명을 지나치게 가볍게 취급하는 경향이 있다.

실력은 쥐뿔도 없는 것들이 자기가 죽어도 상관없다는 듯이 구는 경우가 태반이다.

그리고 실제로 그러다가 죽는다.

장호가 알기로 황밀교가 나타나기 전까지는 강호에 보기 드문 태평성대라고 하는데, 그럼에도 불구하고 매년마다 많은 수의 무인이 시답잖은 이유로 죽었었다.

길가다가 살짝 부딪쳐서 기분 나쁘다고 죽이고, 밥 먹다가 먼지가 묻었다고 죽이고, 언쟁을 벌이다가 열 받았다고 죽이고.

한마디로 총체적인 난국이라고 할 수 있는 작자들이 바로 강호인이었다.

그런 생각들을 하다 문득 두 아이를 보니 그 표정이 남달랐다.

왜 이럴까? 하고 생각해 보니 곧 이유를 알 수 있었다.

불안감이다.

집주인이자 남매의 보호자이기도 한 장호가 사라진 동안

에 불안했던 것이다.

"나 없는 사이에 의방을 잘 돌보았으니 상이라도 줄까?"

장호의 말에 두 아이의 눈이 동그래졌다.

그 모습이 귀여워서 장호는 흐흐 하고 웃음 지었다.

"이리 와봐."

두 아이가 조심히 다가왔고, 장호는 무릎을 굽혀 두 아이와 같은 눈높이를 만들었다.

그리고는 두 아이의 머리에 손을 얹었다.

슥슥.

쓰다듬.

장호의 그런 행동에 아이들은 당황해한다.

"잘했다. 내가 없는 동안 아주 잘했어."

장호의 그 말에 두 아이의 표정이 조금 변했다.

이연은 두 눈을 뜨고 멍하니 장호를 보았고, 이진은 눈망울에 물기가 어렸다.

장호가 알아차린 것처럼, 두 아이는 실제로 불안감에 떨었다.

장호가 사라지고 커다란 집만이 남았을 때, 두 아이는 큰 상실감에 몸을 떨어야 했던 것이다.

그러나 지금은 뭔가 달랐다.

아이들의 가슴속 어딘가에서 따스한 기운이 흘러나오는

것 같았기 때문이다.

그것은 장호의 말 때문에 생겨난 것이었다.

어째서 이런 감각이 드는 것인지는 두 아이는 알 수 없었다.

"자, 여기 용돈이다. 먹고 싶은 것도 좀 사 먹고, 사고 싶은 것도 사. 알았지?"

장호는 두 아이에게 각기 은자를 세 냥이나 주었다.

어린아이가 가지기에는 몹시도 큰돈이지만, 장호는 신경 쓰지 않았다.

"그럼 하던 일 마저 해. 나는 씻고 쉬어야겠어."

"목욕물을 곧 올릴게요."

"오냐."

장호는 두 아이를 뒤로하고서 자신의 방으로 향한다.

장호를 바라보는 두 아이의 시선은 몹시도 복잡했지만, 이내 따스함이 묻어 나왔다.

*　　　*　　　*

목욕을 한 장호는 우선 옷을 갈아입고서 의방을 나섰다. 그리고 느긋하게 길을 걸어 집으로 향했다.

아직 농지를 구매한 사실을 큰형 장일에게 말하지 않았기 때문에, 어떻게 할 것인가에 대해서 고민을 하고 있었다.

"어라."

집에 도착하고서 장호는 잠시 당황했다.

집이 을씨년스럽게 텅 비어 있었기 때문이다.

사람이 며칠이나 들어오지 않은 듯이 먼지가 묻어나고, 아궁이에 불이 꺼진 지도 오래되었다.

불씨를 만드는 것이 보통 쉬운 일이 아니라는 것을 아는 이라면, 아궁이의 불을 꺼지지 않게 하기 위한 방도 정도는 안다.

그런데 그런 불씨조차도 꺼진 지 오래되었으니 이상하기가 짝이 없었다.

덜그럭.

낡은 문을 열고 방 안을 들여다본다. 정리가 가지런히 잘되어 있는, 먼지가 들어찬 방을 본 장호는 두 형이 한동안 집에 돌아오지 않았음을 알 수 있었다.

장삼은 그럴 수도 있다.

숙수의 옆에서 숙식을 해결하면서 일을 할 수도 있으니까.

그런데 장일은 어디 잠을 잘 곳이 없었다.

어디로 갔지?

장호의 두 눈이 가느다랗게 변하고, 그 두 눈에 스산한 살기가 흘러넘친다.

자신이 집을 비운 사이에 무슨 일이 있었던 것일까?

장호는 우선 문을 닫아걸고서 몸을 돌렸다.

형이 어디로 갔는지 수소문을 해보고, 만약 실종되거나 누군가에게 해를 입었다면 그 문제를 해결할 심산이었다.

파팟!

장호의 몸이 비호처럼 내달렸다.

*　　　*　　　*

"형?"

지금 이게 무슨 상황인지 나에게 설명해 줄 사람?

지금 장호의 표정은 딱 이 문장으로 표현할 수 있었다.

멍하니 뜨여진 눈에, 어이가 상실된 그러한 표정이었기 때문이다.

사실 그럴 만도 했다.

첫째 형인 장일이 웬 여인네와 같이 있는 것을 보았기 때문이다.

그리 미인은 아니지만 장일에 비해서 한두 살 어려 보이는 참한 처자였다.

그런데 문제는 그녀의 신분과 이름이었다.

손여호.

바로 이관현 제일의 부호인 손 장자의 손녀가 바로 그녀의 신분이었던 것이다.

고운 비단으로 된 옷을 입은 고생이라고는 조금도 해보지 못했을 법한 소녀.

물론 아이라고만 볼 수는 없다.

이제 막 피어나기 시작한 꽃봉오리 같은 청초한 아름다움을 가지고 있는 그녀는 이미 충분히 결혼을 할 수 있는 나이였다.

그런데 왜 장일이 손여호와 같이 있단 말인가?

여기는 명진서의 객잔이었는데, 장일은 객잔의 한쪽에서 손여호와 함께 식사를 하던 중이었다.

장일의 표정은 곤혹스러우면서도 뭔가 기분이 좋아 보였고, 객잔 입구에서 그걸 멍하니 보는 장호의 심경은 몹시 복잡한 것이었다.

왜 일 형이 저기 있는 거야?

"의원 나리 아니신가!"

익숙한 목소리가 장호의 귀를 때렸다.

이 호방하고 정감 가는 목소리에 대해서 장호는 잘 알고 있었다.

명진서. 바로 장호의 은인이기도 한 사내였다.

"오랜만입니다."

"어이쿠, 의원님이 존대하시면 안 되지요. 자자, 안으로 들어가시죠."

"제가 잘못했어요."

"흐음? 네가 뭘 잘못했는지는 알고 있고?"

"그럼요."

"너 그러는 거 아니다. 응? 의원 되었다고 안면몰수하기야? 아앙?"

"바빠서 그랬죠. 스승님도 돌아가시고, 사형도 고향으로 떠났으니 일손이 딸린 걸요."

"그거야 그렇다만……."

명진서는 말을 흐리더니 그윽한 눈빛으로 장호를 바라보았다.

그 눈빛에는 장호도 짐작할 수 없는 감정이 깊이 배어 있었다.

그러고 보면 명진서의 이름도 기이하다.

스승의 이름은 진서, 그리고 객잔의 주인인 그의 이름도 명진서다.

이름이 같다.

진서라는 이름에 밝히다, 환하게 하다는 뜻의 명(明)자를 성으로 붙였을 뿐이니 이 어찌 기이하지 않으랴?

그러고 보면 전생에서는 깊이 생각한 적이 없었다.

그러나 지금에 와서는 너무나도 기괴하여 신경 쓰지 않을 수 없을 정도다.

"그래, 편히 돌아가셨다지?"

"예. 편히, 그리고 행복하시다고 하시면서 가셨죠."

"그래, 그랬나. 후후."

"어르신은, 스승님을 지키시려고 여기에 계신 건가요?"

"크크. 그건 네가 알 필요는 없다, 이놈아. 그건 영감과 나만의 비밀이야."

"그렇게 말씀하신다면……."

"이 녀석, 강호물을 먹더니 제법 성장한 모양이구나. 네 형인 삼이는 그다지 철이 없던데."

그러고 보면 장삼은 명진서의 객잔에서 보조 숙수로 일하고 있었다.

장호의 입김이 작용한 것으로, 사실 파격적이라고 할 만했다.

본래는 점소이를 하다가 보조 숙수로 들어가는 것이 보통인 까닭이다.

"형이 왜요?"

"일이야 싹싹하게 잘하는데, 아직 어려서 그런가 실수 연발이거든."

"잘 좀 봐주세요. 그래도 손재주는 좋으니까."

"그건 그렇더구나. 염가가 칭찬을 다 할 정도이니."

염철.

명진서의 객잔에서 일하는 숙수다.

본래 명진서의 객잔의 숙수는 명진서 본인이다. 그런데 어느 날인가 염철이라는 대머리의 중년 사내가 와서는 숙수로 눌러앉았다.

명진서의 옛 친구라나?

명진서는 혼인도 하지 않고 혼자 사는 홀아비 신세인데, 그런 명진서의 친구라는 염철도 가족이 없기는 매한가지였다.

명진서가 사람 좋고 후덕한 인상이라면 염철의 경우에는 체구도 조금 크고 인상이 험악해서 사람들이 무서워하고는 했다.

그러나 염철이 좋은 사람이라는 것은 장호가 가장 잘 알았다.

"그런데 어르신."

"왜?"

"저기, 일이 형은 대체 어떻게 된 건가요?"

"아, 저거?"

명진서는 객잔 안쪽에서 담소를 나누면서 시선조차 돌리지 않는 장일을 손가락질하면서 말을 이었다.

第四章

봄바람이라고?

누구나 연애할 권리가 있다.
하지만 안 생겨요.
죽어도 안 생겨요.

누군가의 한 서린 외침

의원귀환

"손 장자의 손녀가 강호인인 것은 아냐?"

"예? 그랬어요?"

손자가 강호인인 것은 알고 있었다만, 손녀도 강호인이었
단 말인가?

"화산파 직전이야."

"진짜요?"

그건 정말 놀랄 노 자였다.

손 장자의 손자는 분명 무당파의 제자였다.

그것도 그냥 제자도 아니고, 직전제자로서 도호까지 받았

다나?

한마디로 말해서 무재가 제법 있는 녀석이라는 것이다.

그런데 손녀도 화산파의 제자였을 줄이야?

그건 과거에도 몰랐던 사실이다.

"잘 알려지지 않아서 그렇지, 제법 고수야."

"놀랄 노 자네요."

"그렇지?"

"직전이라고요?"

"그래. 저래 봬도 꽤 고수야."

"그런데 왜 우리 형한테 저러고 있는데요?"

장호의 의문은 그것이었다.

왜 저러고 있는 것인가?

"그게… 네 형이 저 여아를 구해줬거든."

"뭐라굽쇼?"

장호의 두 눈이 땡그래졌다.

"네가 마을을 가고 나서, 하루 후의 일이야."

명진서의 말에 의하면 사건은 이러했다.

장호가 떠나고 그 다음 날, 화산파의 무리가 이 마을에 도
착했다.

화산파의 직전제자인 손여호와 그녀를 호위하기 위해서
손 장자의 집에서 고용한 매화표국의 표사들이 부상을 입은

채로 온 것이다.

매화표국은 이름만 보아도 알 수 있듯이 화산파의 속가제자가 세운 표국으로, 금련표국만은 못해도 제법 건실한 곳이었다.

매화표국의 표사 열두 명과 마차 두 대, 그리고 마부 두 명이 포함된 일행은 마을에 도착했고, 이 일행에는 손여호의 스승인 유화검 유연이 포함되어 있었다.

유화검 유연은 여도사로, 나이는 이제 갓 마흔인 화산파의 중견 고수라고 한다.

절정의 경지에 이른 검객이기도 한 그녀는 산서성을 거쳐 동쪽인 산동성으로 가는 와중에 잠깐 신세를 지기 위해 온 거였다.

손 장자로서는 강호의 명문인 화산파의 여도사를 맞이하는 것이 나쁘지 않았기 때문에, 그들을 잘 접대하려고 이미 준비 중이었다.

손여호가 인편으로 미리 소식을 알린 것이다.

여하튼 그런 무리였는데, 격전을 치른 듯 모두가 부상을 입고 있었으며 그런 일행의 사이에 장일이 끼어 있었다.

즉, 싸우는 와중에 장일이 끼어들었던 것.

그리고 장일은 멋들어지게 손여호의 목숨을 구했다.

"형이 그런 일을……."

"네 형이 강단이 있잖냐. 게다가 성격도 대쪽 같고."

"그래서 저렇게 된 건가요?"

"그런 거지."

"그 유화검이라는 사람은……."

"정양 중이야."

"흠, 나중에 감사를 표시해야겠네요."

내가 마을을 떠난 다음 날에 부딪쳤다는 것이로군.

그렇다면 내가 추적하던 방향이 아닌 다른 곳에서도 조사를 하러 왔다는 건가.

황밀교놈들…….

감히…….

하마터면 천추의 한이 될 뻔한 일이었고, 그것이 우연하게 막아졌다.

장호는 자신이 안일했음을 깨달았다.

"그래서 보다시피 저런 거지."

"그런 거군요."

"참, 너 농지 샀다며?"

"그건 또 어떻게 아셨어요?"

"노가 놈이 가르쳐 주던데?"

"하여튼……."

토지 매매를 관리하는 관리가 바로 노여성이라는 사람인

데, 그 사람은 이 명진서의 객잔 단골이기도 했다.

하여튼 입이 싸다.

"형도 알아요?"

"삼이는 안다."

"일이 형은요?"

"아는지 모르는지 내가 어떻게 알겠냐? 삼이가 말했는지, 안 했는지 모르지."

"으음, 그런가요."

깜짝 놀래켜 줄까 했는데, 딱히 그럴 필요도 없어 보였다.

장호가 생각하기에 그의 둘째 형인 장삼의 성격이라면 진즉에 말하고도 남을 것이다.

게다가 현재 집의 상태로 보아서 장일은 손 장자의 집에 머물고 있을 확률이 높았다.

장삼이야 명진서의 객잔에서 아예 숙식을 해결하며 일을 하고 있는 것으로 보였고 말이다.

"그런데 저렇게 지내면 소문이 이상하게 날 것 같은 데……."

"그렇지 않아도 손 장자 어르신이 이를 갈고 있다고 하더라."

"쩝."

"그나마 네가 진가의방을 이어받았다고 해서 좀 누그러졌다고는 하다만……."

"헤유우."

느는 것은 그저 한숨뿐이었기에 장호는 자기도 모르게 땅이 꺼져라 한숨을 내뱉고 말았다.

없이 사는 사람들 사이에서는 성혼이 그리 큰 문제가 아니다.

그러나 서로의 집안에 격차가 있으면 성혼은 몹시 어려운 문제로 돌변하고 만다.

혼인은 인륜지대사라고는 하지만, 그것도 없이 사는 사람들에게는 의미가 없다.

그러나 가진 자들은 다르다.

그들에게 혼인이란 단지 두 남녀의 결합이 아니며, 정치적인 어떤 행사에 가깝다.

평소에 영향력을 가진 이들을 불러모으고 그들에게 알리는 그런 것.

때문에 문제가 되는 거다.

"제가 형하고 직접 말해봐야겠네요."

"그래라. 근데, 저 여아가 네 형을 따라다니고 있다는 것만 알아두거라."

"형이 원하면 혼인을 하고, 아니면 그만이죠."

과거와 다르다. 지금의 나는 형을 충분히 지켜줄 수 있다.

무당파의 제자, 그리고 화산파의 제자라는 배경만으로 그를 어찌하기에는 그가 너무 커져 버렸다.

현재는 절정고수이지만, 조금의 시간만 주어진다면 자신이 초절정고수가 될 수 있음을 장호는 믿어 의심치 않았다.

전생에서도 초절정고수로 거듭난 이의 수가 얼마 없었음을 보았을 때, 장호의 성장은 명문대파에서 심혈을 기울여 육성한 후기지수들보다도 빠르다고 할 수 있었다.

"일단 오늘은 내버려 둬야겠네요. 삼이 형한테 일 끝나고 의방으로 오라고 좀 해주세요."

"오냐. 가려고?"

"네."

"그래. 너 자주 좀 와라. 의방이 바쁜 건 아는데, 그러는 거 아니다."

"네, 그럴게요."

장호는 명진서에게 인사하고 객잔을 나섰다.

큰형이 손 장자의 손녀와 어울린다. 그 사실이 장호의 가슴을 무겁게 내리누르고 있었다.

＊　　　＊　　　＊

"어쩌지……."

형이 만약 손여호를 마음에 두고 있다면 어쩔 것인가?

장가보내려면 넘어야 하는 난관이 한두 가지가 아니었다.

일단 배경이 필요하다.

배경이 뭐냐? 바로 명성이라고 할 수 있다.

여기서 장호가 명성을 얻을 수 있는 방법이 두 가지가 있긴 하다.

하나는 초절정고수가 된 다음에 초절정고수가 되었다는 것을 만방에 알리는 것.

다른 하나는 의술로서 명성을 널리 퍼뜨리는 것이다.

그러나 그 어느 쪽도 쉬운 일은 아니었다.

장호의 현재 의술은 전생과 현생의 지식을 합쳐 명의 중에서도 상위권에 속하는 실력이긴 하지만, 신의라는 소리를 들을 정도는 아니다.

강호에서 명성을 얻을 정도가 되려면 적어도 불치병 중 하나 정도는 치료할 줄 알아야 했다.

예를 들어 절맥 같은 것이 있다..

그러나 장호는 절맥증을 치료하는 방법을 아직 모른다.

물론 절맥증에 대해서 제법 공부하였고, 의선문의 의술 중에서도 절맥증을 완화하는 치료법이 있긴 했다.

하지만 장호도, 그리고 스승인 진서도 절맥증을 완전히 치료하는 것은 아직 무리였다.

일전에도 말한 바 있지만, 의선문이 의문으로서 제법 높은 의술을 가졌다고는 하지만 전설이 과장이 되었기 때문이다.

물론 이 정도만 해도 대단한 것이기는 했다.

강호에 절맥을 치료할 수 있는 능력을 가진 이는 거의 없다시피 하고, 절맥을 완화하는 방법을 아는 이조차도 한 손에 꼽을 정도니까.

장호는 거기까지 생각하다가 차라리 절맥증을 고칠까? 하는 생각을 하게 되었다.

그리고 보면 제갈화린이 분명 절맥을 앓고 있다.

그녀는 오음절맥을 앓고 있어서 몸의 다섯 혈도에 음기가 모여들어 혈맥이 굳는 체질이었다.

만약 그녀가 구음절맥이었다면 제 아무리 제갈세가라고 할지라도 나이 열여섯쯤에는 반드시 목숨을 잃었을 것이다.

오음절맥을 앓고 있던 그녀는 여러 가지 영약과 명의들의 도움으로 스무 살까지는 건강하게 살았으나, 그 이후에 음기가 강해져 자리를 보전하고 눕게 된다.

그러다가 선검문의 전인인 진무룡이 구해 온 천년화리의 내단을 먹고 오음절맥을 치료하게 되는데, 그 때문에 진무룡과 사랑에 빠지게 된다.

"차라리 절맥을 고칠 방법을 찾아볼까……."

초절정고수 되기.

절맥중 고치기.

자, 어느 쪽을 선택할까?

전자는 언제 될지 기약이 없다면, 후자는 실패하면 절맥중을 앓고 있는 이가 목숨을 잃을 수도 있다는 문제를 가지고 있었다.

형 장가보내겠다고 이런 일을 한다는 것은 너무 무리한 일이 아닐까? 하는 생각마저 들 정도다.

"에라 모르겠다."

장호는 고개를 홰홰 내젓는다.

생각해 보면 장일이 손여호를 마음에 들어 할지 안 할지도 모르는 판국이다.

그러니 미리 걱정하고 있을 필요가 뭐가 있겠는가? 그러지 않아도 할 일이 태산이었다.

"이연! 이진! 둘 다 이리 와봐라!"

장호는 방을 나서서 두 남매를 불렀다.

"예, 의원님."

"부르셨어요?"

두 아이가 쪼르르 달려온다.

장호와는 사실 나이 차이가 서너 살 정도밖에 나지 않지만, 외모만 보면 열 살 정도는 차이가 나 보인다.

사실 장호는 이 둘에게 자신의 진실된 나이를 가르쳐 주지 않았다. 그냥 편하게 생각하라는 의미였다.

"연이는 나가서 물건을 좀 주문하고 와."

"어떤 물건을 주문할까요?"

"약재 중에 초오라는 약재가 있는데, 이걸 모두 다 주문하면 돼."

초오(草烏).

바곳이라고도 부르는 식물. 이 식물의 뿌리에는 신경을 마비시키는 독이 들어 있는데, 제대로 정제하면 아주 소량으로 사람의 전신을 마비시켜 죽음에 이르게 만드는 독을 만들 수가 있었다.

이 정제법은 비전 중의 하나로서, 어지간히 독에 대해서 박학다식한 문파나 무인이 아니고서는 알지 못하는 독이기도 했다.

이 초오독은 독 중에서도 몹시 지독한 독 중 하나이고, 초오라는 독초도 사실 몹시 쉽게 구할 수 있다.

애초에 이 초오라는 풀 자체가 약재로도 쓰이니 당연하다면 당연한 일.

장호는 나중을 위해서 이 초오독을 정제해 둘 생각이었다.

"모두요?"

"그래. 마을의 약재상 모두 다 돌아다니면서 가지고 있는 재고 전부 다 주문하고 와."

"예."

"그리고 진이 너는 네 누나랑 같이 다녀오고. 마을에 나쁜 사람이야 없긴 하다만, 여자아이가 혼자 돌아다니면 이상해 보이거든."

"예, 의원님."

진이가 다부진 표정을 지어 보였다.

"자, 그럼 가봐."

"예, 다녀오겠습니다."

두 아이는 장호의 심부름을 받고 쪼르르 의방의 문을 나섰다.

그 뒷모습을 흐뭇하게 바라보던 장호는 아이들을 지나쳐 의방에 들어서는 사람을 볼 수 있었다.

"어……."

그것은 큰형인 장일이었다.

*   *   *

"네가 이번에 바빴다고 들었다."

"좀 바쁘긴 했어."

의방의 안방.

여기는 본래 스승인 진서가 기거하던 곳이었으나, 지금에 와서는 장호가 사용하는 곳이었다.

그 방에 장일과 장호가 서로를 마주 보고 앉아 있었다.

"그런데……."

"그런데……."

두 형제는 서로 같은 순간 말을 꺼내었고, 서로의 얼굴을 보면서 멋쩍게 웃고 말았다.

장호는 지금 이 순간이 참 어색하면서도, 가슴 한구석에서는 너무 행복하다고 느끼고 있었다.

가족이 있다는 것.

형제가 있다는 것.

그것은 독보강호하던 시절에는 느끼지 못했던 그런 충족감과 행복감을 그에게 주었기 때문이다.

이유?

없다.

형제인데 무슨 이유가 필요해!

"이번에 손 소저와 교제를 하게 되었어."

"그 이야기는 명진서 어르신에게 들었긴 한데… 어떻게 된 거야?"

"그게……."

장일은 이야기를 풀어놓았다.

그는 어리지만 진중한 성격인지라, 말을 꾸미거나 재미있게 하지는 못했다.

그러나 어떤 상황이었는지는 확실히 전달되었다.

그의 이야기에 따르면 이랬다.

장삼이 장일 명의로 농지를 샀다는 이야기가 장삼이 마을을 떠난 이후에 장일의 귀에 들어갔던 것.

그래서 장일은 농지를 둘러보기 위해서 그 지역을 돌아보던 중이었다.

관리에게 비어 있는 땅을 개간할 경우 자신의 것으로 해도 되느냐고 확인을 받기도 했기 때문에 인근의 산이나 들판을 확인하고 있기도 했단다.

그런데 저 멀리서 싸우는 소리가 들렸고, 장호는 여인의 비명 소리에 정신없이 몸을 날렸었다.

장일은 평소에도 어려운 이를 지나치지 못하는 성격이었기 때문이었는데, 장호에게 배운 무공이 도움이 되었다.

그러다가 손여호가 막 검에 찔리려던 찰나 달려들어 복면인을 어깨로 후려쳐 쓰러뜨렸고, 주변의 검을 집어 들고 마구잡이로 휘둘러 복면인들의 공격을 어느 정도 막았었다.

덕분에 여기저기에 긁힌 상처를 입긴 했지만, 그 당시에는 습격자들과 방어자들 모두 지친 상태였기 때문에 장일의 도움이 제법 효과를 발휘했다.

결과적으로 습격자들은 물러갔고, 손여호와 몇몇의 생명

의 은인이 되어버린 장일이었다.

비록 장일의 무공은 이류 수준도 안 되긴 해도, 그 순간 적절한 도움을 준 셈이었던 것이다.

그런데 여기서 손여호가 장일에게 한눈에 반했다는 것.

장일은 가진 것 없고, 무공도 익힌 지 겨우 이 년여밖에 안 된 촌무지렁이인데도 불구하고, 장일의 사람됨에 반해 버린 것이다.

그리고는 교제를 해달라고 졸졸 따라다니다가, 결국 교제를 하기로 했다는 것이다.

쩌억.

장호는 입이 벌어졌다.

참하고 수수하게 생긴 손여호가 그 외양과는 다르게 적극적인 성격일 줄이야!

게다가 한편으로는 어깨가 으쓱거려지기도 했다.

그렇지. 이게 우리 형이지!

우리 형은 진짜 대인배거든!

여자라면 한 번 보면 안 빠질 수가 없어!

장호는 흐뭇하면서도 당혹스러운 감정을 가지고 웃어 보였다.

"잘됐네!"

"하지만 잘됐나 모르겠다. 손근호 어르신이 탐탁지 않아하신다고 하는데…….”

흔히 손 장자라고 부르지만 사실 그 이름은 손근호다. 애초에 장자라는 말이 토호나 부호를 높여 부르는 말이니까.

여하튼 손근호가 손녀와 사귄다는 장일에 대해서 그리 탐탁지 않아 한다는 말은 이 작은 마을에 널리 퍼진 이야기였다.

그나마 봐줄 만한 것은 동생인 장호가 진가의방을 물려받은 실력 좋은 천재 신동 의원이라는 것과 장일이 무공을 익혀 이류 무인 정도 수준의 내공을 가지고 있다는 것 정도이리라.

그간 장호가 여러모로 손을 써서 장일과 장삼은 적어도 십 년 치의 원접진기를 가지고 있었다.

선천의선강기에 비해서 정순함이 조금 떨어진다고는 하지만, 원접신공의 내가진기 역시 강호에서 열 손가락 안에 들어가는 정순함을 가진 진기다.

애초에 치료 목적으로 만들어진 내공심법이니 당연한 것.

그래서 내공의 양은 적지만 순간적인 파괴력은 두 배에 달한다.

즉, 이십 년 치의 내공을 가지고 있는 것과 같은 것이다.

명문대파에서도 나이 열여덟에 반 갑자의 내공을 가지는 것이 그리 쉬운 일이 아니니, 제법 건실한 내공이라고 할 만했다.

“형은 어떤데?”

"응?"

"형은 그 손여호라는 분이 좋아?"

"그, 글쎄다. 아직 만난 지 얼마 되지 않아서……."

머뭇거리는 장일.

그 모습을 본 장삼은 알아차렸다.

좋아하고 있구나!

그것이 열렬한 사랑이라는 것은 분명 아니다. 그러나 호감
은 분명 강하게 있었다.

생각해 보면 큰형 장일은 여자와 연애도 해본 적이 없었다.

게다가 그 흔한 기루에도 가본 적이 없다.

즉, 완전 숫총각인 것이다!

반대로 둘째 형인 장삼은 이미 동정을 탈출했고, 여자도 제
법 만난다.

물론 삶이 팍팍하다 보니 연애 수준으로 만나는 건 아닌 것
같았지만.

그런 상황인 큰형 장일에게 제법 미색이 있는 손여호가 저
돌적으로 달려드니 마음이 흔들릴 수밖에.

손여호가 대체 어쨌더라?

장호는 곰곰이 기억을 더듬었다.

고향에 대한 기억은 사실 거의 제대로 나는 것이 없었기 때
문이다.

손 장자의 손자가 무당파의 제자로 유명세가 있었던 것은 기억한다. 그런데 손여호는 이야기가 없었다.

왜?

기억의 편린을 모으고, 그것을 하나둘 맞추다가 장호는 번뜩! 하고 기억해 냈다.

손여호는 죽는다!

이 산서성에 본래 일어났어야 했던 소요 사태에서 손여호는 고향이 걱정된다며 오는 길에 일어난 무력 충돌의 과정에서 죽임 당하고 마는 것이다!

힐끗.

장호는 장일을 보았다.

형에게 찾아온 첫 봄바람이다.

이 결혼, 성사시키지 않을 수 없다!

이미 철피혈부를 죽임으로써 미래는 바뀌었고, 이 산서성에 구지신개가 나타남으로써 미래의 향방은 완전히 뒤바뀌었다.

아니, 장호 그 자신이 과거로 온 것부터가 이미 문제라고 할 수 있었으니 무슨 말을 더 할 수 있으랴?

그렇다면 해야 할 일은…….

장호는 형을 바라보며 다짐했다.

第五章

저 바쁩니다

바쁘다는 것은 좋은 거다.
아무것도 하지 못하고
방바닥을 긁는 것에 비하면
너무나도 좋은 거다.

일이 있다는 것, 그것은 좋은 것.

의원귀환

바빠! 죽을 것처럼 바빠!

이렇게 외쳐도 할 말 없을 정도로 장호는 바쁘게 움직였다.

큰형이 연애 중이다. 적들이 이곳을 노릴지도 모른다.

이 두 가지 사건 때문에 장호는 몹시도 바쁘게 일하기 시작했던 것이다.

척, 척.

현재 하는 일은 바로 초오(바곳)를 정제할 시설을 만드는 것이다.

대량의 초오 뿌리는 끓이고, 그 끓인 용액을 다시 졸이고

졸인다.

그다음 하얀 가루가 만들어지면 그것을 기름종이에 대고 한 번 더 거른 다음에 몇 가지 약초 가루를 첨가하면 훌륭한 신경마비독인 초오독이 완성되는 것이다.

이 초오독은 무척 지독해서 소량을 흡입하거나 혹은 혈관에 직접 맞게 되면 사지가 마비되고, 곧 심장까지 마비되어 죽게 된다.

워낙 지독해서 내공이 강하지 않은 일반인은 거의 일각 만에 죽음에 이른다고 보아야 했다.

해독제가 없는 것은 아니지만, 일반인은 일각 안에 해독제를 먹어도 몸에 마비가 오는 후유증에 시달려야 할 정도다.

장호가 이것을 만들어둔 까닭은 앞으로 다수의 적이 이관을 침범했을 때를 대비해서다.

독만큼 대량살상에 어울리는 물건은 없기 때문이다.

사천당가가 괜히 유명한 것은 아닌 것도 이 때문이다.

그들은 애초에 전문적으로 독공을 익히는 자들이라, 장호처럼 이렇게 독물을 사용하는 것과는 차원이 다른 능력을 가졌다 보아야 했다.

여하튼 꽤나 강력한 살상력을 지닌 초오독을 정제하기 위해서는 매우 고열을 내는 화로가 필요했고, 커다란 무쇠솥도 필요했으며, 증류를 위한 특별한 장치도 필요했다.

화로는 장호가 직접 만들고 있는 중이고, 거대한 무쇠솥도 이미 준비해 두었다.

"좋았어."

장호는 자신이 직접 만든 화덕을 보며 만족스러운 표정을 지어 보였다.

흙과 돌을 적절히 배분해서 만든 화로다.

장작뿐만 아니라 대장간에서 쓰는 석탄까지 집어넣을 수 있게 만든 화로였다. 여기에 무쇠솥을 걸고 초오를 달여 정제하면 된다.

"의원님, 그건⋯⋯."

"일전에 주문한 초오를 정제할 장비야."

"그렇군요."

이연과 이진은 장호에게 해속환을 비롯해서 진가의방에서 주력으로 팔려 나가고 있는 환약을 만드는 방법을 이미 전수받은 상태였고, 최근에는 장호를 대신에서 약을 만들고 있었다.

약을 만드는 틈틈이 장호가 하는 일을 눈여겨보다가 이렇게 물은 것이다.

"그런데 책은 잘 외워지니?"

"열심히 하고 있습니다."

"그래, 노력해야지. 의술의 반은 암기야. 여러 가지 약초와 그 효능을 전부 기억하고 있지 않으면 안 돼. 알았지?"

장호의 말에 이연은 당찬 표정으로 대답했다.

"예."

그래그래.

이게 제자 키우는 맛인가?

장호는 흐뭇해졌다.

이연이 쪼르르 일을 하러 가고, 장호는 마무리 작업을 시작했다.

결국 그럴듯한 지붕까지 만든 장호는 몸을 돌렸다.

"어디 보자……."

지금부터 해야 할 일은?

일단 무쇠솥이 오기를 기다려야 한다.

정제를 위한 특별한 항아리도 이미 주문해 두었으니, 남은 것은 도착하기까지 연공을 하는 것 정도다.

"아, 그리고 형도 불러들여야지."

어차피 장호가 가진 돈이 제법 있다. 사실 형이 일을 할 필요는 없을 정도다.

그러나 한 명의 어른이라면 자신의 손으로 돈을 벌어야 하는 법이다.

그래서 농지까지 사준 것이 아닌가?

하지만 지금은 그런 것보다도 더 시급한 문제가 있었다.

바로 형의 무공 수위를 급격히 높이는 것이다.

그러기 위해서는 일을 그만두게 하고 무공을 증진시켜야 했다.

최근 장일은 농지에서 일하면서 마을 한구석에 있는 거처에서 손여호와 기거하고 있다고 한다.

사실상 동거로서, 누가 봐도 결혼한 것처럼 보이는 모습이었다.

그런데 손여호의 마음이 너무 단호해서 누구의 말도 안 듣는다나?

화산파의 사람들은 손여호의 행동을 지지하고 있다고 하는데, 아무리 봐도 좋은 일은 아니다.

"진아!"

"예, 부르셨어요?"

진이가 쪼르르 달려온다.

"내 큰형님에게 의방으로 오시라고 전해주렴?"

"네."

"다녀오면서 군것질 좀 하고."

장호는 동전을 몇 개 쥐어주었다. 그러자 이진은 함박웃음을 지으며 고개를 숙여 보이고는 밖으로 달려나갔다.

"슬슬 저 녀석들에게도 무공을 익히게 해야겠는데……."

장호는 자신의 방으로 들어가면서 그리 중얼거렸다.

                    *   *   *

　선천의선강기는 확실히 천하에서도 짝을 찾아보기 어려울
정도로 정순한 내가진기를 만들어낸다.

　스승의 내가진기를 전부 물려받아 일 갑자가 넘는 내공을
가지게 된 지금, 장호는 선천의선강기의 공능에 경악하고 있
었다.

　우선 선천의선강기가 일 갑자를 넘어서면 내공을 쓰지 않
아도 육체의 기능이 족히 다섯 배 가까이 늘어난다.

　즉, 외공을 전문적으로 수련한 사람처럼 강한 근력과 지구
력, 체력을 가지게 되는 것이다.

　물론 내공이 많으면 많을수록 육체의 힘이 증가하는 것은
다른 강호인들도 마찬가지다.

　그러나 강호의 명문대파인 무당파라고 해도 내공이 일 갑
자일 경우 육체의 힘은 두 배 정도 상승하는 것이 전부다.

　그런데 선천의선강기는 그 몇배의 힘을 발휘하니 확실히
남다르다고 할 수 있었다.

　다만 진기를 모으는 속도가 너무나도 느리다.

　때문에 신공절학이라고 하기에는 문제가 있는 것이기도
하다.

"후우우."

선천의선강기를 수련하면서 장호는 숨을 가다듬었다.

이미 어느 정도 내공을 모은 상황이라 과거처럼 뜨거운 물과 차가운 물을 오가면서 수련할 필요가 없었다.

이제 앉아서 내공을 모으는 시간이 길면 길수록 더 강해진다.

덜컹.

장호는 내공을 수련하다가 대문이 열리는 소리를 들었다.

발걸음 소리를 보아하니 사람이 두 명이었는데, 둘 다 익숙한 소리였다.

이진, 장일.

"하아."

내기를 갈무리하고, 장호는 눈을 뜨고 방문을 열었다. 큰형 장일이 의방으로 들어서고 있었다.

"형, 어서 와. 말할 게 있어서 오라고 했어."

"말할 게 있다니? 뭔데?"

"일단 안으로 들어와. 진아, 수고했다. 하던 일을 마저 해라."

"예, 의원님."

이진은 공손히 답하고는 후다닥 뛰어갔다.

장호는 그런 이진의 뒷모습을 바라보다가 장일에게 방 안으로 들어오라고 손짓했다.

잠시 후, 방에 앉은 장호는 장일에게 자신의 생각을 말했다.

"형, 무공을 수련해야 돼."

"음? 그게 무슨 뚱딴지 같은 소리냐?"

"손 소저는 화산파의 직전제자라며?"

"그렇지."

"그녀와 혼약을 하려면 강해야 하단 말이야."

"그게 무슨 말이냐?"

장일의 표정에는 의혹이 서렸다.

장일이 대인의 기질을 가졌고 꽤나 똑똑한 사람이기는 하지만 그렇다고 해서 견문이 넓은 것은 아니다.

그래서 장일은 강호를 모른다.

그러나 장삼은 강호를 너무나도 잘 알았다.

"화산파는 말이지……."

장호는 자신이 아는 화산파에 대해서 설명했다.

오악검문이라고도 부르고, 천하칠대검파 중 하나이기도 한 문파.

오악검문이라는 이름은 산을 기반으로 한 도가 문파들 다섯을 꼽아 부르는 것으로서 화산파는 언제나 이 오악검문의 하나였다.

천하칠대검파는 천하에서 가장 강성한 검공을 가진 문파를 뜻하는데, 역시 화산파는 늘 이름을 올렸었다.

천하칠대검파는 늘 이름이 변동하는데, 무당파와 화산파, 그리고 남궁세가와 모용세가는 반드시라고 할 만큼 늘 이름을 알려왔다.

여하튼 그런 명문 중에서도 명문이 바로 화산파다.

그런 화산파에 속한 손여호는 직전제자이고, 얼마 후면 도호를 받는 상황.

손 장자라고 하는 그녀의 가문도 문제지만, 사실 이쪽이 더 문제다.

화산파라는 배경은 장일을 죽일 수도 있기 때문이다.

강호에 나서면 은원관계를 떨칠 수가 없고, 그 은원은 가족에게까지 영향을 미치게 된다. 때문에 장일이 강하지 않다면, 혼인을 하고 목숨을 잃을 수도 있었다.

하지만 장일이 강하다면?

저 화산파의 손여호보다도 강해진다면?

그렇다면 문제는 해결이 된다.

게다가 그렇게 강해지면 저 손 장자조차도 손녀의 혼약을 인정할 수밖에 없을 터다.

강호란 그런 곳이니까.

장호의 이런 기나긴 설명을 들은 장일의 표정이 딱딱하게 굳은 것은 어찌보면 당연한 일이라고 할 수 있었다.

장일의 입이 굳게 다물어져서는 한동안 말이 없었다.

"위험하다 이 말이구나."

"응. 그래."

"너는… 스승님이 말씀해 주신거겠지?"

"응."

장호는 가볍게 고개를 끄덕였다.

"거짓말을 하는구나."

"응? 무슨 거짓말."

"한 가지, 거짓말하지 말고 답해줘. 이번에 사람을 죽이고 온 거야?"

쿵! 하고 심장이 내려앉는 기분이 들었다.

어떻게?

"그랬군. 그랬었어."

장일은 장호의 태도를 보고 바로 진실을 알아차렸다.

"어, 어떻게 알았어?"

"너는… 거짓말을 할 때 하는 버릇이 있으니까. 몰랐지?"

나는 너의 형이다.

장일은 그렇게 말하고 있었고, 장호는 뭐라고 말할 수 없는 기이한 기분을 느껴야만 했다.

그러나 그것은 결코 나쁘지 않은 그러한 기분이었다.

오랜 시간, 기나긴 세월 동안 느끼지 못했던 거다.

"여하튼, 알았다. 강호라……."

"결국 형이 강해져야 해. 그녀를 사랑해?"

"사랑? 모르겠다."

장일의 표정은 미묘한 웃음으로 변화해 있었다.

"그래도 호감은 있는 거지?"

"그건 확실해."

"그러면, 장차 혼인하고 사랑하고 싶은 사람이야?"

"그래."

"그렇다면 강해져야 해."

"그런가."

장일은 장호의 말에 고개를 끄덕인다.

그렇다. 그도 이해했다. 화산파의 제자인 그녀와 함께하기 위해서는 그에 어울리는 강함이 있어야 한다.

설사 둘이 사랑해서 혼약한다 해도, 언제 어느 때에 강호의 일에 휘말릴지 알 수 없기 때문이다.

그 절체절명의 순간.

강하지 않으면 도리어 그녀의 발목을 잡게 되고, 그녀를 죽음에 이르게 만들 수도 있다는 것을 장일은 이해했다.

장남으로서 두 동생을 건사하기 위해서 어른들 틈에서 부대끼며 살아와야 했던 그였기에 장삼과 장호보다도 더 생각이 깊었던 것이다.

그렇기에 확실히 이해했다.

강해져야 한다.

그것은 강호인으로서의 숙명과도 같은 것이다.

"그래서, 의방에서 계속 수련만 하자. 의방이 제법 잘되고 있고, 농지는 몇 년 정도 그냥 놀린다고 어디 도망가는 것은 아니니까. 이 년 정도면 적어도 그녀 앞에 나서서 꿀리지 않을 정도의 실력은 얻을 수 있으니까."

"가능할까?"

"가능해. 보여줄까?"

장호는 옆에 있는 작은 상의 모서리를 잡았다. 그리고 마치 종이를 찢어내듯이 귀퉁이를 뜯어내 버렸다.

"나도 이 정도는 가능해."

"허. 너… 강했구나."

"스승님 덕분이야. 스승님께서는 돌아가시기 전에 내공을 모두 물려주셨으니까."

"진기를 물려줘?"

"아, 이건 형이 모르는 내용인가? 하기사. 자세히 알 필요는 없었으니… 차차 가르쳐 줄게. 하는 김에 삼이 형도 배우면 좋겠는데……."

"삼이는 바쁘잖냐."

"그건 그렇지. 그럼 오늘 이쪽으로 옮겨. 게다가 손 소저도 곧 떠나야 할 테니까. 다음에 만나게 된다면……."

"그래, 무슨 말인지 알겠다."

장일은 고개를 끄덕였다.

그렇게 두 형제의 대화는 일단락되었고, 장일은 의방에서 기거하면서 무공수련에 매달리기로 했다.

물론 손여호가 시간을 날 때에는 둘이 밖으로 나가고는 한다.

하지만 그 외의 시간은 전부 무공수련에 쏟아붓기로 한 것이다.

*   *   *

장일이 하루의 시간을 전부 무공수련에 쏟아붓기로 함에 따라서, 본래 수련하였던 원접신공의 수련을 그만두고 선천의선강기를 수련하기로 하였다.

원접신공의 내공을 선천의선강기의 진기로 바꾸는 것은 어려운 일이지만, 그래도 내공을 모두 버리는 것보다는 쉬운 일이다.

둘 다 정순함이 남다르고 타인의 내가진기와 뒤섞여도 안전하다는 속성을 가지고 있어서 더더욱 변환이 쉬웠다.

다만 변환의 과정에서 십 년 정도의 내공이 줄어들기는 하겠지만 어쩔 수 없는 선택이었다.

선천의선강기가 원접신공에 비하여 더 우월하고 뛰어난 내가진기이고, 또한 여러 가지 약과 수련 방법을 보조로 사용하면 선천의선강기나 원접신공이나 내공이 모이는 양이 비슷하기 때문이다.

"형, 참아."

"음."

상의를 벗은 채로 좌선을 하고 앉은 장일은 땀을 뻘뻘 흘리면서 두 눈을 감고 있었다.

"소리를 내면 안 된다고. 입을 열면 진기가 날아가 버려."

장호는 장일의 옆에서 장일의 내공이 변환되어 가는 것을 지켜보았다.

현재 장호의 내공은 일 갑자 하고도 이십 년에 달한다.

이중 오 년 치 정도만 슬쩍 장일에게 주어도 내공을 변환하는 것은 쉽게 될 터였다.

그러나 장호는 그러지 않았다.

이 순간이 중요하기 때문이다.

진기의 운용 능력을 크게 향상시키는 데에는 이 수련만큼 좋은 게 없었다.

이때의 노력 여하에 따라서 이후에 실전에서의 진기 운용력이 큰 영향을 받는다.

진기를 더 빠르게, 더 정교하게, 더 세밀하게 운용할수록 유리하다. 진기의 낭비가 없어지고 위력이 증가하기 때문.

이는 장호가 강호에서 의무쌍수로서 살아가면서 터득한 지혜였다.

그리고 몇몇 명문대파에서도 이 진기 운용 능력을 몹시 중요하게 여긴다는 것을 장호는 잘 알고 있었다.

그래서 지금 장호는 면밀히 형을 관찰하면서 조언만 하고 있는 거다.

무공은 결국 스스로 쌓아나가지 않으면 안 된다.

왜 공(功:쌓아 나가다)이라고 부르겠는가?

"좋아, 형. 그대로 한 시진이야. 한 시진 이후에 올 테니까. 알았지?"

장호는 그렇게 말하고서 가볍게 창고를 개조해서 만든 연공실을 빠져나갔다.

어차피 주화입마가 일어나지 않는 안전한 무공이 바로 선천의선강기다. 그러니 지금은 장일 홀로 집중하도록 내버려두는 것이 돕는 것이다.

그렇게 연공실을 나와서 장호는 바삐 움직였다.

지금 초오를 끓이고 있는 중이기 때문으로, 이 용액이 얼마나 졸아들었는지 확인해야 했다.

부글부글.

"좋아."

아주 진하고 걸쭉한 액체가 부글부글 끓고 있다. 장호는 그것을 보면서 만족스러운 미소를 지어 보였다.

독의 제조도 순조롭다. 큰형인 장일도 연공에 들어갔다.

그리고 남은 것은?

장호 스스로의 연공이다.

하지만 그것은 밤에.

어차피 절정고수가 된데다가 선천의선강기가 일 갑자를 돌파하면서 운기조식을 하여 피로를 풀어내면 잠을 자지 않아도 되는 상태다.

그러니 낮에는 의방의 일을 보아야 했다.

장호는 다시 발걸음을 바삐 놀렸다. 제약실로 가기 위해서다.

슬쩍.

제약실로 가서 안을 몰래 들여다보는 장호.

이연과 이진이 부지런히 약초를 다듬고 약을 만드는 것이 보였다.

누가 보면 의방이 아니라 약방으로 알 수 있는 그런 모습이지만, 이 이관에 아픈 사람이 그리 많지 않으니 당연하다면 당연한 일이다.

대부분은 잔병치레이고, 그것들은 약을 먹으면 나으니까.

그러나 장호의 의술은 전생과 현생을 통틀어도 강호에서 열 손가락 안에는 들어가는 수준이 되어 있었다.

"누나, 당지 좀 줘."

"여기."

"고마워."

"너무 급하게 하지 마. 여기 물 먹으면서 해."

"응, 알았어."

"정성껏 해야 해. 알지?"

"걱정 마."

두 아이는 서로를 챙기면서 약을 만든다. 그 모습을 보면서 장호는 어쩐지 흐뭇해지는 감정을 느껴야 했다.

좋아, 대부분이 제대로 되고 있군.

장호는 제약실을 슬쩍 빠져나왔다.

이제 장호 스스로 무공을 수련할 시간이었다.

목표는 초절정의 경지.

어떻게 초절정의 경지에 오를 것인가?

그 방편은 이미 생각해 두었다.

과거의 동료들에게 들었던 정보들이 있었으니까.

第六章

형 한 번 장가보내는 데 등골이 휜다

가장(家長)이란, 몹시도 무거운 책임을 지고 있다.
밤늦게 집에 돌아오는 아버지의
구겨진 신발을 본 적이 있는가?
제대로 다리지도 못한 양복을 입은 모습은 어떤가?
그것이 우리의 아버지들이다.

우리의 아버지들

장호는 의원이다.

비록 어리지만 그것은 육체의 나이일 뿐으로 그 정신은 이미 사십대에 가까운 노강호이고, 능구렁이라고 해도 과언이 아니었다.

게다가 그 무위는 도리어 전생을 능가하니, 이대로 시간이 지나면 초절정의 경지도 문제가 없을 거라고 장호 스스로 생각하고 있었다.

하지만 지금 당장 초절정의 경지가 되어야 한다. 장호는 그렇게 생각했다.

하지만 어떻게 하면 초절정의 경지에 이를 수 있는 것인가에 대해서는 장호도 정확하게 알고 있지 못하다.

하지만 단서는 있다.

신비문과 선검문의 전인 진무룡.

제갈세가의 재녀 제갈화린.

독공의 고수로 알려진 독혈독수(毒血毒手) 당인.

개방의 장로 타개(打丐) 서문공.

벽력권의 달인 개산신권(開山神拳) 황보중호.

이들 다섯은 전부 초절정의 고수였으며, 장호와 같이 황밀교의 음모를 분쇄하기 위하여 동분서주하였었다.

그 과정에서 생사를 오가는 위기가 온 적도 있었고, 그 때문에 장호의 의술이 크게 빛을 발한 부분도 있었다.

그러다 보니 장호는 이들 다섯 명에게 초절정고수란 어떤 것인지에 대해서 상당히 많은 것을 들을 수 있었다.

우선 초절정고수의 증표는 바로 기외발출(氣外發出)이다.

기를 몸의 외부로 쏘아내는 것, 그것이 바로 초절정고수의 증표.

물론 그냥 쏘아 보내는 것으로는 안 된다.

검객이라면 검기를 실처럼 늘여서 뿜어내는 검사(劍絲)가 가능해야 하고, 장법가라면 적어도 격공장(擊空掌)을 사용할 정도는 되어야 했다.

장호도 체외로 내공을 발하는 것이 가능하긴 하다.

그러나 초절정고수들이 사용하는 검사나 격공장에 비교한다면 동일한 내공을 사용하고도 그 위력은 천양지차라고 할수 있었다.

이는 절정고수와 초절정고수가 그만큼 진기 운용 능력에서 큰 차이를 보인다는 것을 뜻하는 것이다.

때문에 절정고수가 내공을 불어 넣은 검과 초절정고수가내공을 불어 넣은 검의 위력은 확연이 차이가 났다.

왜일까?

왜?

전생에서도 이 부분에 대해서 많은 고민을 했었다.

전생에 장호가 가지고 있던 내공은 일 갑자가 조금 안 되었는데, 사실 그 정도만 되어도 초절정고수가 되기에는 부족하지 않은 내공이었다.

전생과 현생의 내공 차이는 반 갑자 정도. 그렇다면 지금은수월하게 초절정의 경지에 오를 수 있어야 할 것이 아닌가?

그러한 의문들에 가장 장호와 나이가 비슷했던 황보중호는 이런 말을 했었다.

'아따, 잡생각 참 많네. 형님, 장풍이라는 건 그냥 냅다 지르는 거라니까. 숨 쉬는 데 생각이 필요 있나? 힘을 쓴다고 생각하고 그냥 막 쓰는 거야. 막! 어차피 내공이 좀 되니까, 쓰

다 보면 익숙해지잖수? 초식 수련은 괜히 하는 게 아니잖아?'

또 진무룡은 이렇게 말했었다.

'검기를 길게 늘일 때에는, 내 손이 길게 늘어난다는 느낌이 듭니다. 진정한 검사는 검끝으로도 감각을 가질 수 있어야하는 것을 알고 계십니까? 기를 통해서 그 감각이 확대된다. 그렇게 생각해 보시면 어떻습니까.'

그것들은 천금을 주고도 듣지 못하는 고수들의 조언이었고, 장호는 그것에 대해서 오랜 시간 연구를 해왔다.

사실 그간 많은 집단에서 초절정고수가 되는 방법에 대해서 고민을 해왔으나, 제대로 밝혀진 것은 거의 없었다.

그나마 나온 방법이라는 것이 상승절학이나 신공절학을 익히고 내공이 일 갑자 이상일 경우 다른 이들보다는 더 빠르게 초절정고수가 된다는 거였을 정도다.

실제로 신공절학을 익힌 이들의 경우 적어도 나이 마흔이 되기 전에는 초절정고수가 되기는 했다.

다만 신공절학은 비인부전이라 아무나 익힐 수 있는 것도 아니었고, 신공절학이라는 이름에 걸맞는 무시무시한 어려움을 자랑한다.

연공에 실패하면 결코 좋은 꼴을 볼 수 없는 것이다.

물론 안전한 신공절학도 있긴 하지만, 이 경우에는 대성하기가 거의 불가능에 가까웠다.

일장일단이 있는 셈이다.

여하튼 세간에 알려진(사실 명문대파가 아니라면 알 수 없는 비전에 속하는) 이야기들은 그러했다.

그런 여러 가지 지식, 그리고 비전들을 통해서 장호는 몇 가지를 추측해 낼 수 있었다.

그중 가장 핵심적인 것은 이것이었다.

초절정의 경지에 오르기 위해서는 절정의 경지일 때의 최소 다섯 배 이상의 진기 운용 능력과 내공 제어 능력이 필요하다.

우선 황보중호의 말은 진기를 손발처럼 자유자재로 쓰라는 것으로 이해할 수가 있다. 이는 진기의 제어 능력을 뜻한다.

진무룡의 말은 진기를 통하여 감각을 확대한다는 것으로, 이는 진기의 운용 능력에 닿아 있다고 생각된다.

요는 진기다.

절정고수까지 몸을 기반으로 한 무공을 통해 성장한다면, 초절정의 경지는 진기를 다루는 것에서 성장해야 한다는 것이다.

그리고 그러기 위해서는 깨달음을 얻어야 한다는 것이 중론.

문제는 그 깨달음이라는 게 참 애매모호해서 명문대파들

조차도 명확한 실체를 알아내지 못했다는 것.

사실 그 때문에 상승절학이나 신공절학을 익히면 늦더라도 초절정고수가 된다는 말이 생겨난 것이었다.

그렇다면, 초절정고수가 되기 위한 가장 빠른 방법은?

장호는 거기까지 생각한 이후에 진기 제어, 진기 운용을 위한 수련법을 고안해야 한다는 것을 깨달았다.

또한 이 수련법이 제대로 된 효과를 발휘한다면 그는 초절정고수가 될 수 있으리라.

그래서 현재.

장호는 수련법 제작을 위해서 고심 중이었다.

"진기 제어, 진기 운용이라……."

장호는 화선지 하나를 펼쳐 놓고 생각에 잠겼다.

진기의 제어력과 운용력은 조금 달랐다. 운용력은 좀 더 포괄적인 개념이었고, 제어력은 개괄적인 개념이었기 때문이다.

둘은 서로 연동되어 있는 것이지만 다른 것이기도 하다.

때문에 장호는 이 두 가지를 모두 신장시키는 수련 방법을 고안하기 위해서 이렇듯 고심하고 있었다.

"일단은 진기를 체외로 발출하는 것이 첫 번째일 거고……."

장호는 첫 번째 조건을 화선지에 적었다.

"좋아. 차근차근 하자. 우선은 허공에서 진기의 방향을 바꾸는 것부터."

기본적으로 절정고수도 장풍 같은 격공장을 쓸 수는 있다. 위력이 초절정의 경지에 이른 이에 비해서 절반 이하로 떨어져서 문제지만.

때문에 장호는 우선 체외로 발출한 진기의 방향성을 바꾸는 것부터 해보기로 했다. 초절정의 경지에 이르면 장풍과 검사의 방향성을 바꿀 수 있다는 점에서 착안한 것이다.

절정고수는 해내지 못하는 일이기도 했다.

"그럼 이거부터 해야겠지?"

장호는 자리에서 일어섰다. 그리고 뒤뜰로 향했다.

첫째 형을 위해서 본래의 연공실을 빌려주었기 때문에 뒤뜰로 향한 것이다.

그리고 이건 어차피 수련 방법이므로 딱히 비밀로 할 것도 아니다.

장호는 뒤뜰에 가서는 나무토막 다섯 개를 세워서는 늘어놓았다.

장호를 중심점으로 원의 형태로 늘어놓은 것이다.

그리고는 열 보 떨어진 자리에 서서 나무토막을 향해 손을 뻗었다. 결코 정면으로 손을 뻗지는 않았다.

목표로 한 나무토막과는 틀어진 각도에서 손을 뻗은 상태로 천천히 진기를 발출했다.

화악!

장풍보다는 약한, 그러나 확연히 공기를 밀어내는 강한 힘이 장호의 손에서 쏘아져 나왔다가 사라진다.

그런데 문제는 직선으로만 나간다는 거였다.

장호는 다시 한 번 장력을 발출하고, 자신의 진기가 팔을 통해 나가는 것을 조용히 관찰했다.

한 번, 두 번, 세 번.

이윽고 장호는 열 번을 채우고는 팔에서 흐르는 진기의 흐름을 미세하게 바꾸기 시작했다.

화악.

쏘아져 나간 장력이 조금이지만 비틀어졌다.

좋아, 되긴 된다.

장호는 속으로 미소를 지었다.

사실 그것은 강호에서도 회선장(回先掌)이라고 부르는 비전에 속하는 것이었고, 장호는 홀로 그것에 성공한 것이었다.

하루, 이틀, 사흘.

장호는 연공에 연공을 거듭했고, 진기의 운용과 제어에 상당한 진전을 보았다.

발출하는 순간 방향을 지정하는 것은 이제 얼마든지 가능했고, 발출한 이후에도 약간이지만 제어가 가능하다는 것을 깨달은 것은 무척이나 큰 진보였다.

거기에 작용하는 것은 재미있게도 의지였다.

그렇다.

생각하는 힘.

진기의 발출은 사실 의지보다는 육체적인 작용에 의한 것이었다.

애초에 진기를 모으는 것부터가 호흡을 통한 것이고, 이후에 진기를 사용하는 것은 육체의 근육을 수단으로 삼았다.

그건 강호의 대부분이 다 그랬다.

그런데 의지만으로도 진기가 움직인다는 것이다.

이는 장호도 예상치 못한 일이었고, 약간 당황했다.

초절정의 비밀은 단지 진기 제어력과 운용력의 상승만이 아니었나?

아니, 어쩌면.

절정고수의 다섯 배 이상의 진기 제어력과 운용력이 실현 가능하기 위해서는 의지가 필요했던 것인가?

이것은 조금 더 수련을 해봐야 알 수 있는 일이었다.

*   *   *

겨울이 지나가고, 봄이 성큼 다가왔다.

봄이 오면서 여기저기에서 농사를 시작하고 있었으나 장호가 사들였던 농지는 잡초만 무성하게 자라나고 있었다.

그야 당연하다면 당연한 일이다.

이번 일 년은 아예 농사를 쉬기로 했으니까.

대신 일 년 내내 무공을 수련한다. 그게 장일의 일과로 정해져 있었다.

물론 장일은 틈틈이 손여호를 만나왔다.

한겨울에 여행을 하는 것은 불가능하기 때문에, 이번 겨울 내내 화산파의 사람들이 손 장자의 집에서 신세를 졌기 때문에 가능한 일이었다.

그 몇 개월 동안 장일의 경지는 빠르게 상승했다.

애초에 장호의 계획에 의해서 내공만은 탄탄했었기 때문이다.

장호는 내공 수련을 중점으로 시키면서도 실전적인 무공도 가르쳤다.

장호 스스로가 익힌 권검타공과 투격공, 그리고 금강철신공을 전수한 것이다.

심류장은 내공에 대한 이해가 깊어야 사용할 수 있는데다가, 장일의 내공 수위로는 아직은 무리였다.

본래 일류 수준까지는 내공보다는 외공에 기반한 무공을 익히는 쪽이 더 효율적이기 때문에 저 세 가지를 전수한 것이다.

하지만 이 세 가지를 수련하는 것도 쉬운 일은 아니었다.

권검타공과 투격공을 하루에 각기 한 시진씩 수련했고, 금강철신공을 두 시진이나 수련했다.

거기에 남은 대부분의 시간은 내공 수련에 투자한다.

하루 종일 먹고 자고 싸는 시간을 제외하면 수련만 한다고 보면 되었다.

당연하지만 인성에 심각한 타격을 줄 수 있는 무식한 수련법이다.

하루 종일 공부만 한다고 생각해 보자. 그게 어디 쉬운 일이겠는가?

그러나 장일은 묵묵히 그 일을 해냈다.

아니, 장일이기 때문에 해낼 수 있었다고 할 것이다.

장일에게 이러한 일들은 이미 익숙하기 때문이다.

아버지, 그리고 어머니.

부모를 잃고 어린 나이에 가장이 되어 두 동생을 책임져야 했다.

어린 몸으로 피로에 쩌든 육신을 움직여 약초밭에서 농사일을 해야 했던 과거.

그것은 장일에게 체념과 인내를 가지게 만들어주었던 것이다.

때문에 도리어 이러한 수련들은 장일에게 아무것도 아니었다.

육체적인 고통은 그에게 아무것도 아니다.

가족을 지키기 위해서라면 이 정도가 대수일까!

장호는 그런 장일의 태도에 마음 한쪽이 뭉클했었다.

여하튼 그렇게 장일은 묵묵히 삼 개월간 고련했고, 결과적으로 내공을 완전히 선천의선강기로 바꾸는 것뿐만 아니라 권검타공과 투격공을 상당한 수준으로 익혀내는 데 성공했다.

당연한 말이지만 금강철신공도 수련에 들어갔고, 내공을 사용해서 몸을 단단하게 만드는 수련을 하고 있었다.

금강철신공에 사용되는 약초들이야 장호로서는 의원의 입장에서 구하기도 쉬웠다.

그러나 문제는 다른 곳에서 발생하고 만다.

"이거 적자인데……."

밤의 대부분을 잠도 안 자고 수련에 매진하고 있는 장호. 때문에 내공도 팍팍 늘어나고 있는 중이고 그의 형 장일도 잠을 아껴가며 수련하고 있어 빠르게 수준이 늘고 있는 상태다.

그러나 문제는 다른 데에 있었다.

돈이다.

여러 가지 약재를 사 모으고 소비하다 보니 벌어들이는 수

입보다 쓰는 돈이 더 많았다.

스승인 진서가 남겨준 재산이 있기에 한동안 괜찮긴 하지만 이 상태로 돈을 쓰다가는 일 년 정도면 남는 돈이 하나도 없게 될 것이다.

비록 큰형인 장일에게 농지를 사주었다지만, 만약 결혼을 하게 되면 들어가는 돈이 한두 푼이 아니었다.

장호로서는 신경이 쓰이지 않을 수가 없는 상황.

그렇다고 연공을 그만둘 수는 없다.

장호 자신이야 사실 약재들의 보조를 받지 않아도 상관이 없으나, 장일은 아니었다.

적어도 선천의선강기의 내공이 반 갑자를 넘겨야지만 약재들의 소모가 줄어들 터.

왜냐하면 그때부터는 내가진기를 이용해서 금강철신공을 수련하기가 용이해지기 때문이다.

지금은 내공이 부족하기에 약재의 도움을 받는 것이니까.

물론 그 이후에도 약재들을 사용하면 더 빠르게 성취를 얻겠지만, 어쨌든 그 단계부터는 없어도 되긴 했다.

그러니 장호로서는 돈을 제법 벌지 않으면 안 되게 된 것이다.

어떻게 한다?

"가장 좋은 것은… 역시 의술을 파는 건데."

이관은 작고 큰 병을 앓고 있는 이도 없다.

기껏해야 현령의 늙은 부친 정도가 위독한 사람일 터다.

그러나 현령의 부친은 이미 고령인지라 천수를 누렸다고 할 수 있으므로, 진정한 의미에서 큰 병을 앓고 있는 이는 없었다.

실제로 진가의방의 주 수익은 환약들에게서 나오는 바, 결국 장호에게 큰 수익을 안겨주는 것은 아닌 셈이다.

그렇다면, 의술을 어디서 팔아야 하는가?

태원.

거기라면 부자도 많을 것이며, 위급한 환자도 제법 될 터였다.

장호는 스스로의 의술 실력이 명의 중에서도 상위에 속한 실력이라는 것 정도는 알고 있었고, 이 정도 실력은 북경이 아니라면 보기 어렵다는 것도 알았다.

태원이 비록 산서성의 성도로서 인구 수십만의 큰 도시이나, 거기에 장호와 의술을 견줄 수 있는 이는 없었다.

그렇다면 그곳에 가서 병이 든 부호들을 치료하고 돈을 번다면 어떨까? 그리고 이곳으로 돌아오는 것이다.

문제는 시간.

그사이에 마을이 공격당하기라도 하면 그것도 곤란한 일이다.

일전에는 우연하게 화산파의 사람들이 있었기에 안전했던 것이지만, 화산파의 사람들도 슬슬 떠날 때가 되었기 때문이다.

처리해야 할 일이 많군.

장호는 생각을 계속하고는 자리에서 일어섰다.

돈의 문제는 일단 일 년 정도는 버틸 수 있으니 밀어두기로 결정한 것이다.

역시 우선은 무공을 익히는 거다.

그러기 위해서 필요한 것은 한 자루의 검.

사실 권검타공은 주먹과 검을 동시에 쓴다.

장호야 검을 굳이 쓸 필요가 없지만, 장일은 아니었다.

그런데 이런 동네 대장간에서 좋은 검을 팔지는 않으니, 오가는 상인들에게 부탁해야 할 판이다.

"의원님. 손님이 오셨습니다."

"환자가 아니고 손님?"

장호는 문 밖에서 들리는 소리에 생각을 정리하고 자리에서 일어섰다.

여러 가지 생각에 빠져 있느라 밖의 기척을 제대로 느끼지 못했기에 누가 찾아왔다는 것을 몰랐던 것.

여하튼 문을 열고 밖으로 나가자 이진이 서 있었고, 그 뒤로는 눈에 익은 여인이 자신을 빤히 바라보고 있는 것을 알 수 있었다.

손여호.

그녀가 와 있었다.

왜 나를 찾아왔지?

第七章

정리 좀 하고 살자

살면서 정리 한 번 안 하는 사람은 없다.

하지만, 정리라는 것도 때가 있다.

때를 놓치면 정리를 하나마나다.

정리에 대한 누군가의 이론

왜 찾아온 걸까?

장호는 속으로 그런 생각을 하다가 뭐 아무려면 어떠랴 싶었다.

현재 화산파의 일행 중에서 장호와 견줄 수 있는 것은 손여호의 스승인 유화검 유연 정도였으니까.

그녀의 나이는 이제 서른 중후반으로 이대로 십 년 정도만 더 정진하면 초절정고수가 될 수도 있었다.

아닐 수도 있고,

명문대파의 제자들은 수련에 정진하면 나이가 들었을 시

에 반드시라고 해도 좋을 정도로 절정고수가 되지만, 초절정 고수는 아무나 되는 것은 아니기 때문이다.

여하튼 유화검 유연 정도는 되어야 장호와 견줄 수 있다고는 하지만, 사실 장호는 실전 경험이 풍부한데다가 내력 역시 고강하여 유연이 세 명 있다고 해도 홀로 상대가 가능할 정도였다.

여하튼 상대가 강하기 때문에 쫄 이유는 어디에도 없었다.

물론 다른 방면으로 생각해 보면 문제가 있긴 하다.

바로 그의 형 장일과 손여호가 서로 사귀고 있는 사이라는 것이다.

일반적인 풍토에서는 불가능한 일들이 강호에서는 비일비재하게 일어난다.

여성과 남성의 교제도 그랬다.

실제로 강호에서는 교제하다가 깨지는 일이 빈번했다.

교제한다고 소문 한번 나면 거의 결혼을 해야 하는 중원의 풍습과는 상당한 괴리감이 있는 셈이다.

하지만 그게 강호다.

애초에 칼밥을 먹고 살아가는, 언제 죽을지 모르는 칼끝 위의 인생이 바로 강호의 삶이다. 그러니 허례허식이 점차 사라질 수밖에.

"처음 뵙겠습니다, 손여호 소저. 진가의방의 주인인 장호입니다. 만나서 반갑습니다."

장호는 포권을 해 보였다.

포권은 사실 강호인들이 아니면 잘 쓰지 않는 인사이다. 이는 장호 스스로가 강호인임을 나타낸 것이었다.

"만나서 반가워요, 장 의원. 화산파 사대제자인 손여호에요."

그녀 역시 포권하면서 무림의 예법으로 자신을 소개하였다.

명문대파는 대부분 사대제자 체계로 구성되어 있기에 그런 것이다.

일대는 이미 현역에서 물러난 삼십 년 전의 고수들을 뜻하고, 이대는 현재 문파를 운영하는 장로와 간부들을 뜻하며 이십 년 전 제자가 된 이들을 말했다.

삼대는 이대의 손발이 되는 현역들로서 강호 곳곳을 돌아다니거나 문파 내에서 후진 양성에 힘을 쓰는 사람들로 십 년 전 제자가 된 이들을 뜻했다.

사대는 바로 그런 삼대의 제자로서 화산파의 미래를 책임진 동량들이라고 할 만했다.

삼십 년, 이십 년, 십 년이라고 말한 까닭은 화산파나 기타 여러 명문대파는 십 년에 한 번씩 제자를 뽑기 때문이다.

화산파의 경우 정확히 십칠 년 전에 삼대제자가 뽑혔고, 사대제자인 손여호는 칠 년 전 제자가 되었었다.

물론 사대제자가 되기 전에도 손여호는 무공의 기초를 약 이 년간 수련한 바가 있었고 말이다.

손여호의 지금 나이는 열일곱. 열여덟인 장일보다 한 살 어린 나이.

그러나 무공을 수련한 기간은 도합 구 년이니 무시할 수가 없었다.

현생의 기준으로 장호보다도 오랜 시간 무공을 수련한 셈이기 때문이다.

물론 순수하게 무공을 수련한 시간만 따지면 어떨지는 모른다.

장호는 워낙 독하게 수련을 한 탓이다.

최근 몇 달간은 잠도 안자고 수련에 매진할 정도이니 말을 다 한 셈이 아닌가?

여하튼 그런 손여호다.

무위는 일류에서 절정의 사이로, 아직은 내기의 수발이 자유롭지는 못한 단계였다.

장호는 손여호의 무위를 자세히는 알 수 없었지만, 아직 절정이 아니라는 것 정도는 알 수 있었다.

장호 그 자신보다 약한 것도 문제지만, 내기를 숨기는 데에 서툴다는 것을 눈으로 볼 수 있을 지경이었기 때문이다.

내기를 갈무리하지 못한다.

즉, 절정고수가 아니라는 의미.

사실 그것뿐만이 아니다. 이미 절정의 고수로서는 노련하다고까지 할 수 있는 장호의 눈에 의하면 손여호의 움직임은 영 어색한 것이었다.

아직 하수라는 의미다.

"일단 안으로 들어가시죠. 진아, 차를 내와라."

"예!"

이진은 그 말을 끝으로 후다닥 달려갔다. 장호는 손여호에게 자신의 방 맞은편에 있는 접객실을 가리키며 먼저 안으로 들어갔다.

달그락.

의자에 먼저 앉은 장호는 탁자 맞은편의 자리를 손여호에게 권하였다. 그녀는 고개를 끄덕이더니 장호의 맞은편에 앉았다.

장호는 그렇게 마주 보게 된 손여호를 눈여겨보았다.

큰형 장일에게 푹 빠져 있다는 것 정도는 들었다.

그리고 미색이 뛰어나다고는 할 수 없지만, 그래도 상당한 귀여움을 간직한 아리따운 여인이 바로 손여호였다.

한 가지 특색이라면 눈매가 조금 치켜 올라가 있어서 성격이 당차 보인다는 것 정도?

"저희 형이 신세를 지고 있다고 들었습니다. 감사드립니다."

"아니에요. 도리어 제가 장 가가에게 신세를 졌죠. 그런데 의외군요. 분명 열다섯이라고 들었는데, 틀린가요?"

"맞습니다. 소생은 올해로 열다섯 살이 되었지요."

장호의 담담한 어투에 손여호는 조금 곤혹스러운 표정이 되었다.

장일에게 동생인 장호가 어떤 아이인지에 대해서는 이미 들었다.

천재, 그리고 의젓하고 소중한 동생.

그게 장일이 하던 말이었다.

실제로 장호가 나이 열두 살에 진가의방의 주인 진서의 제자가 되었고, 이 년 만에 의술을 모두 전수받았다는 것은 마을 사람들 모두가 아는 이야기였다.

장호가 진서의 내공을 모두 물려받았다거나, 장호가 절정 고수라는 사실은 마을 사람들도 잘 모르는 이야기지만, 장호 때문에 장일과 장삼이 무공을 익히게 되었다는 이야기 정도는 이미 퍼져 있는 이야기이기도 했다.

즉, 장호가 진서에게 무공을 배운 이후 형제들에게 가르쳤다는 것.

손여호가 장호를 찾아온 것은 바로 그런 이유였다.

장일의 말에 따르면 무공을 익힌 지 이제 겨우 이 년, 아니, 이제 겨울이 지났으니 삼 년 정도밖에 되지 않았다 한다.

그런데 내공이 제법 심후하고, 그 몸의 강건함은 명문대파의 제자들에 뒤지지 않을 정도였다.

비록 공격 초식을 알지 못한다는 것은 아쉽지만, 그것은 익히면 될 일.

게다가 최근 장일은 동생인 장호에게 내공심법 외의 무공들을 다양하게 배우고 있다고도 했다.

그래서 손여호는 장호가 대체 어느 정도의 수준인지 알고자 온 것이다.

그 이유는 단지 하나의 사실 때문이었다.

사랑이다.

손여호는 단호하다고 말할 정도로 장호를 사랑하고 있었다.

"그렇군요. 그런데 장 공자는 마치……."

"편하게 불러주셔도 됩니다. 형님과 교우하시는 분께 존댓말을 들으니 영 어색하군요."

"그래? 그러면 말을 놓을게."

"예."

"장 공자는 너무 어른스러워서 혼란스러워. 외모도 그렇고……."

"일이 형을 비롯해서 저희 삼 형제는 모두 다 이렇습니다. 부모님을 일찍 여의었기 때문이지요."

"아… 미안해."

손여호는 금세 미안한 표정을 지어 보였다.

그녀로서는 부모가 없는 삶이 어떤 것인지 모른다.

그렇기에 장일, 장삼, 장호가 겪었을 세파를 알 수가 없었을 터다.

그러나 그녀에게도 이해력이라는 게 있다.

장일, 장삼, 장호가 어른스러운 이유가 부모가 없어서라면, 대체 어떤 환경에서 자라야 아이가 어른이 될 것인지 짐작할 정도의 생각은 가지고 있었다.

"하하. 괜찮습니다. 흔한 일이지요. 외모가 이런 것은 스승님의 도움 아래 외공을 익혀서 빨리 자란 덕입니다. 그러고 보면 형과 나이 차이는 제법 납니다만, 외모는 비슷하죠?"

"그, 그렇지."

손여호는 더듬더듬 장호의 말에 대꾸했다.

똑똑.

"차 가져왔습니다."

"들어와."

장호의 말에 이연이 차를 들고서 안으로 들어왔다.

이진에게 시켰는데 이연이 들고 온 것을 보니 누나인 이연이 대신 일을 챙긴 모양이다.

"일 보거라."

"예, 의원님."

이연은 고개를 공손히 숙이고는 밖으로 향했다. 그 모습을 손여호는 기이하다는 느낌으로 바라보았다.

그녀도 나이가 많은 것은 아니다. 아니, 어리다고 해야 할 것이다.

그러나 화산파에서의 수행과 스승인 유연을 따라다니면서 겪은 여러 경험에 의하면 이것은 지극히 이상한 일이라는 것이 그녀의 생각이었다.

장호는 지나치게 성숙하다.

장일보다도.

"드시죠."

"고마워, 장 공자."

"별말씀을. 형을 잘 부탁드립니다."

장호의 말에 손여호는 볼을 슬쩍 붉힌다.

잘 부탁한다는 의미를 자체적으로 상상하는 모양이었다.

"그런데… 무슨 일로 오셨는지 들을 수 있을까요?"

"장 공자에게는 기분 나쁠지도 모르는 이야기지만… 무위를 확인해 보려고 왔어."

"무위를요?"

"장 가가에게 화산파에 입문하는 것을 권유했었거든."

화산파 입문이라?

"직전제자입니까?"

"아니, 그건 무리지. 속가제자야. 하지만 스승님이 직접 수련시켜 주시기로 했는걸. 게다가 나랑 혼인한다면, 속가제자임에도 직전제자와 같이 절기를 전수받을 수 있지. 이런 이야기 잘 아나 보네?"

"예. 스승님께 가르침을 받았으니까요. 그런데 속가제자라……."

그것은 의외의 이야기였다. 화산파의 속가제자가 된다면 장호에게 수련받는 것보다도 훨씬 낫다.

장호가 홀로 자수성가하여 절정고수가 되었던 이라고는 하지만 명문대파의 수련법에 비하면 모자란 것이 많았던 탓이다.

게다가 내공심법은 상승절학이라고 해도, 권법이나 검법 등은 대부분 일류거나 이류 정도 되는 것들이었다.

그나마 심류장이 절정무공이라고 할 만한데, 이것 외에는 전부 평이하고 약한 무공이지 않던가?

그러나 비록 속가제자라고는 하지만 화산파에서 배우는 무공은 확실히 절정무공은 된다.

화산파에 속하게 되는 이들이 배우는 기본 검법인 매화검공만 해도 기초 무공임에도 절정무공이라고 평가되지 않던가?

이는 몹시 좋은 기회라고 할 수 있었다.

"그런데 장 가가는 동생에게 배우겠다며 고집을 부리는 거야. 동생도 고수라고. 그래서 확인하러 온 거지."

형이 거절했다고? 나 때문에?

장호는 조금 놀란 표정을 지어 보여야 했다.

하지만 장일 성격에 그럴 수도 있었다. 자신의 영달을 위해서 두 동생을 떠날 사람이 아닌 것이다.

그런 장일이 장호는 너무나도 안타까웠다.

"그건 제가 설득해 보겠습니다."

형을 보지 못한다는 것은 안타까운 일이기는 하다.

하지만 이 경우 화산파의 속가제자로 입문하는 쪽이 더 낫다.

장호가 아무리 열심히 한다 해도 새로운 무공을 만들어낼 수는 없지 않은가?

매화검공만 해도 절정의 무공.

내공심법을 제외하면 장호가 가진 그 어떤 무공보다도 고강한 무공이었다.

매화검공의 경우 속가제자에게 전수되다 보니 그 오의가 일부 와전되어 세간에 퍼져 있는 상태라지만, 그 진수를 익혀

내려면 화산파에서 수련받는 것이 제일이다.

"그런데… 속가제자도 아무나 받는 것은 아닌 것으로 알고 있습니다만."

"장 가가는 내 은인이니까 자격은 충분해."

기부금은 안 내도 되는 건가?

장호는 속으로 빠르게 계산을 마쳤다.

실제로 속가제자의 경우 막대한 기부금을 내야만 한다.

속가제자라는 제도 자체가 실질적인 문파의 이익과 세력화를 위해서 만들어진 것이니 당연하다면 당연한 일.

다만 장일의 경우 손여호를 구했으며, 화산파 일행의 피해를 줄이는 데에 공을 세웠기에 그런 입문 기부금이 면제되는 것이다.

그래도 이후 수련비는 장일이 스스로 부담해야 하는데, 그 정도는 장호가 내줄 수 있었다.

입문 기부금은 어마어마한 금액이지만, 그 이후의 수련비는 주거비와 의식주를 해결하는 정도의 돈만 들어가기 때문이었다.

물론 그 외에 내공 수련을 보조하는 약을 만들어서 꾸준히 보낼 생각이기는 하다.

직전제자인 손여호와 친분이 있는 사이인 장일을 누가 해코지하지도 않을 터이니.

화산파로 가는 것은 몹시 좋은 선택이라고 할 수 있었다.

"그럼, 장 동생이 가가를 설득해 줄 테야?"

"그렇게 하겠습니다."

"고마워. 곧 떠나야 하는데… 장 가가를 두고 가려니 동생도 알다시피 장 가가 워낙 멋있는 분이잖아? 다른 여자에게 한눈을 팔면……."

이 사람 위험한 거 아냐?

장호는 순간 그렇게 생각했지만, 그냥 내버려 두기로 했다. 저 정도 성격은 있어야 강호에서 살아남을 수 있는 것이다.

"형을 믿으세요."

"믿지! 하지만 강호에는 말이지, 동생도 모를 요녀들이 많단다."

저 그런 요녀랑 사귀기도 해봤는뎁쇼?

장호는 속으로 그렇게 구시렁거려 주었다.

"그런데, 장 가가 때문인가? 동생이랑 이야기하는 게 되게 편하네."

네네, 편하시겠죠.

"그럼. 나 이만 갈게."

"다음에 뵙죠."

"그래. 그전에……."

그녀의 손이 번개처럼 장호를 향해 날아들었다. 그러나 장호는 가볍게 몸을 뒤로 슬쩍 빼어 그녀의 손을 피해냈다.

화산파의 난화수(亂花手)였다.

장호도 강호를 떠돌며 본 적이 몇 번 있다.

저것도 간단해 보이지만 절정에 속하는 무공이었다.

사실 명문대파의 무공들은 기본공으로 지정된 것만 해도 대부분이 낮게는 일류, 높게는 절정의 무공이었다.

그만큼 명문대파들이 대단하다는 의미이다.

"실력 확인은 되셨나요?"

"그걸 쉽게 피하다니… 강하네?"

"적어도 형수님보다는 강합니다."

"그래. 그럼 다음에 봐."

그녀는 그 말을 끝으로 접객실을 나갔다.

"멀리 가지 않겠습니다."

그녀의 등 뒤에 대고 말한 장호는 그녀가 차를 한입도 마시지 않은 것을 보고는 피식 웃고 말았다.

맹탕 같아 보이지만 강호인은 강호인. 게다가 명문 화산파의 제자라는 건가?

장호는 그렇게 생각하며 다시 한 번 더 웃고 말았다.

*   *   *

"형이 화산파에 입문할 수 있다는 거야?"

"응."

장삼의 표정이 기이하게 변했다.

장삼도 무공을 배워 익히고 있는 덕분에 일대에서는 이미 그 체력을 따를 자가 거의 없었고 힘도 강했다.

장삼은 장일과 다르게 여기저기 품팔이를 다녔고, 최근에는 객잔에서 일하면서 강호에 대한 여러 가지 이야기를 접한 바가 있었다.

실제로 강호인 중에는 하늘을 날아다니는 자들이 존재하며, 그런 이들은 절대고수라고 불린다든가 하는 허황된 이야기들.

그리고 더 자세하고 상세한 강호의 일면도 여기저기서 들은 바가 많았다.

예를 들어 흑도문파들은 인신매매를 서슴지 않고, 사람 목숨을 파리 목숨처럼 여긴다거나 하는 일들 말이다.

장삼은 장일과는 다르게 우직하다기보다는 쾌활하고 장난스러운 면모가 많다.

삼 형제 중에서 가장 요령이 좋은 사람이 바로 장삼일 터였다.

그런 장삼이지만 강호인이 되겠다는 생각은 하고 있지 않았다.

강호가 살벌한 곳임을 아는 까닭이다.

그런데 큰형인 장일이 강호인이 되겠다고 할 줄이야? 그것도 구파일방의 하나이자 오악검문 중 하나로도 유명한 저 화산파라니!

비록 속가제자라고는 하지만 화산파의 속자제자도 아무나 되는 것은 아니다.

돈도 돈이지만 자질도 나쁘지 않아야 했던 것.

그나마 자질이 나쁘지 않고 기부금만 많이 내면 나이가 많아도 속가제자가 될 수 있다는 점은 확실히 좋은 일이었다.

"그런데, 간대?"

"안 간다고 하더라고."

"으음."

장삼의 표정이 복잡하게 변했다.

"너는 어떻게 생각하는데?"

"난 형이 갔으면 좋겠어."

"응? 왜?"

의외라는 표정.

"형은 말이지. 손여호를 좋아하더라고."

"아. 그건 나도 알아. 딱 봐도 서로 좋다는 분위기니까."

"그런데 그녀는 화산파의 제자잖아. 그녀와 어울리려면 그만큼 강해야만 해."

장호는 장일에게 했던 이야기들을 간략하게 정리해서 다시 들려주었다.

강호에 대해서 어느 정도 아는 장삼이었기 때문에 장삼의 설명을 단번에 알아들었다.

즉 장일이 결혼하기 위해서는 강해져야만 한다는 거다. 그것도 최소 절정고수는 되어야만 했다.

명문대파의 제자들이 적어도 나이 서른다섯에는 절정고수가 되고는 한다지만 그렇지 않은 이도 제법 많았다.

아무리 비전의 수련법으로 수련한다고 해도 사람이 따라주지 않으면 안 되는 탓이다.

그것은 순수한 재능일 수도 있고, 의지의 문제일 수도 있다.

여하튼 절정고수가 된다면 그녀와 혼인하는 것은 별문제가 아니게 된다.

그리고 속자 제자도 스스로 부단히 노력한다면 직전제자만은 못해도 절정고수가 될 수 있다.

실제로 금련표국의 국주는 소림제일속가제자로서 초절정의 경지에 오른 자가 아니던가?

"그래서 화산파에 가는 걸 찬성한다는 거냐?"

"응."

"강호인이 되는 거 하나도 좋을 것 없다고 하던데……."

"하지만 손여호와 결혼하려면 해야만 할 거야. 안 그러면 비참해지니까."

비참해진다.

장호의 말에 장삼은 고개를 끄덕였다.

조실부모하며 살아왔다. 지금은 형편이 나아졌으나 과거에는 그렇지 않았다.

품팔이를 하느라 제대로 된 기술을 진득하게 배울 수 없었던 장삼.

어린 몸에도 늘 과로를 하며 일해야 했던 장일.

객잔에서 잔심부름을 하며 식재료를 날라야 했던 장호.

그 모든 일은 비참함이라는 단어를 쓸 수 있게 만들어주었다.

"그래. 그렇구나."

장삼은 잠시 두 눈을 감고 말이 없었다.

"가라 그러자."

그리고 두 눈을 뜬 장삼은 단호하게 말했다.

장일을 보낸다. 그래서 절정고수가 된다면 농지를 가꾸는 농부보다는 윤택한 삶을 살게 될 것이다.

그 대가로 목숨을 내놓고 살아야 한다지만, 막 사랑하게 된 손여호와 살아가기 위해서는 그 외의 방법은 없다고 해도 좋았다.

"역시 그래야겠지?

장호의 맞장구에 장삼은 다시금 고개를 끄덕였다.

그렇게 장가 삼 형제의 두 명은 큰형 장일을 화산파에 입문시키기로 결심하였다.

第八章

마음이 시원섭섭하구나

딸아이가 시집을 간다고 합니다.
금이야 옥이야 하면서 키웠던 딸이,
산도적 같은 녀석에게 시집가서
이제는 이 집에서 나간다고 합니다.
문득 지나간 세월을 돌이켜 보면,
딸아이가 제 마음속에서
얼마나 큰 비중을 차지하고 있는지를 알게 돼서
저도 모르게 눈물이 흐르고 마네요.

아버지

의원귀환

거울 내내 무공수련에 매진한 장일은 몰라볼 정도로 강해져 있었다.

　매일매일 권검타공과 투격공을 수련하고, 장호와 일대일의 실전에 가까운 대련까지 했기 때문이었다.

　이제 적절하게 실전을 겪는다면, 장일은 한 사람의 훌륭한 무인으로서 대접받을 수 있을 정도였다.

　장호가 격체진력의 수법으로 자신의 내공 중 십 년 정도를 장일에게 건네주었고, 각종 내공 증진 보조제의 도움으로 장일은 지금 이십 년 치의 내공을 가지고 있었다.

선천의선강기의 내력이 이십 년!

이 정도면 동년배 중에서는 명문대파의 제자라고 할지라도 장일에게 으스대지는 못하리라.

그렇게 수련을 끝마친 장일은 지금 장삼과 장호와 함께 앉아서 심각한 표정을 지어 보이고 있었다.

"화산파에 입문하라고?"

장호와 장삼은 장일에게 동일한 내용의 말을 하였다.

화산파로 가라!

"응. 그게 좋다고 생각해."

"나도 동감."

장호의 말에 장삼이 뒤이어 긍정을 표했다.

"호야, 네가 말한 것 때문이니?"

"호만이 아냐. 내 생각도 같아. 형은 모르겠지만… 품팔이하면서 들은 게 많아. 강호인들은 분명 보통 사람은 아니지만, 때문에 더 위험하다고 하더라고. 만약 형이 화산파로 가지 않을 거라면… 나는 형이 손여호 그 여자와 만나지 말아야 한다고 보거든. 안 그래?"

그 말에 장일의 표정이 더 딱딱하게 굳었다.

"죽을 수도 있어 형. 아니, 실제로 죽을 뻔했잖아."

"삼아, 그건……."

"알아. 형이 그런 걸 그냥 지나칠 수 없는 성격이라는 것 정도는 나도 안다고. 하지만 형이 그러다 덜컥 죽으면 어쩔 거야? 나는? 그리고 호는? 아부지랑 어무니처럼 우리를 놓고 가버릴 거야?"

쾅!

내력이 실린 손이 식탁을 두드렸다. 우지끈 하고 식탁의 다리에 금이 가는 소리가 들렸지만, 장가 삼 형제 그 누구도 시선을 돌리지는 않았다.

"너… 해도 될 말이 있고 하지 말아야 할 말이 있는 거야."

분노.

평소에 화를 내지 않았던 장일이다. 때문에 진지하게 분노를 일으킨 장일의 모습은 무서웠다.

그러나 장삼도지지 않고 그런 장일을 노려보았다.

"형, 그만해."

그때다.

가장 어린 막내인 장호가 손을 뻗어 장일의 손을 잡았다.

"호……."

"그건 슬픈 일이었어. 누구보다도 나와 삼이 형은 잘 알아. 형이 우리를 위해서 어떤 일을 했는지… 그 때문에 이렇게까지 말하는 거라는 걸 모르겠어?"

"맞아. 이야기가 나왔으니 말이지만 형은 너무 일만 한다구. 나랑 호를 먹여 살리려고, 그 많은 희생을 치른 게 형이잖아! 이제는… 이제는 형도 행복해질 권리가 있어. 제길. 흑."

장삼의 눈에 눈물이 맺힌다. 그 모습에 장일이 멍하니 장삼을 바라보았고, 장삼은 얼른 자신의 손으로 눈을 가렸다.

자기가 이 정도 일로 눈물을 흘렸다는 것이 부끄러운 것일까?

"형, 화산파로 가."

장호가 조용히 말한다.

그 단어는 고요한 공기를 진동시키고, 사람의 마음을 단단하게 만드는 것 같았다.

"화산파로 가서, 강해져서 와. 무인이 되고, 손 소저와 혼인을 해. 그게 형이 원하는 거라면 그렇게 하면 돼. 나도, 그리고 삼이 형도 이제는 잘 살아가고 있어. 그렇지?"

"하지만… 하지만……."

"괜찮아. 우리는 이제 괜찮아, 형. 그러니 안심해도 돼. 그간의 보살핌… 형의 마음. 나도, 삼이 형도 잊지 않아. 그렇지?"

"제길! 그걸 누가 잊어먹냐!"

"너희……."

장일의 두 눈에 기어코 눈물이 생겨나 떨어져 내렸다.

*   *   *

장일의 화산행은 빠르게 결정지어졌고, 손여호는 몹시도 좋아했다.

손 장자 어르신은 떨떠름한 얼굴이 되었지만 손여호가 직접 담판을 지어 장일이 절정고수가 되면 흔쾌히 성혼을 허락해 줄 것이며 그 기한은 이 년으로 하기로 했다.

하지만 얼마 걸리지 않을 것이다.

장호는 장일에게 내공을 십 년 치나 주었고, 절정고수가 되는 것은 제대로 된 수련법을 알면 그렇게까지 어려운 일도 아니니까.

비전의 수련법을 아느냐 모르느냐가 절정고수가 되느냐 마느냐를 결정짓는 것이기 때문이다.

이미 선천의선강기를 익힌 장일은 사실 내공심법만 부단히 수련해도 절정고수는 능히 될 수 있는 상태였다.

그런 장일을 군이 화산파로 보내는 것은 화산의 검공을 익히게 하고 싶었기 때문.

장호는 권검타공을 익혔고, 이후에도 주로 맨손으로 싸우거나 암기를 던지는 식으로 싸우는 아류(亞流)의 무인.

그것이 손에 익어 지금에 와서는 검을 따로 쓰는 것은 도리어 전력의 하락을 불러오기 때문에 검을 익히지 않았다.

게다가 심류장에 권검타공을 섞어 쓰는 아류가 장호 그 자신에게 잘 맞기 때문에 이미 그것만으로도 절정고수 여럿을 저승으로 보내었던 것이다.

그것은 전생에도 그랬고, 지금도 그랬다.

철피혈부를 죽일 수 있었던 것도 바로 그 때문.

거기다 절정무공을 구하는 것도 쉬운 일은 아니지 않은가?

그러나 장일은 다르다.

장일은 장호처럼 다채로운 경험이 없고, 때문에 장호의 아류식 심류장과 권검타공이 효과를 본다는 보장이 없었다.

강해지긴 할 것이다.

그러나 한계를 측정하기가 명확하지 않았다.

그럴 거라면 절정무공으로 평가받는 화산의 매화검공을 익히는 쪽이 훨씬 나은 것이다.

여하튼 그렇게 장일의 화산행이 결정됨과 동시에 장호는 형 장일에게 몇 가지 주의점을 주었다.

선천의선강기에 대해서는 목숨의 위협을 받지 않는 한에는 절대로 말하지 말 것.

강호에서 내공심법의 유출은 심각한 것이기 때문이다.

물론 선천의선강기라는 것은 몹시 독특한 것이라, 구결을 안다고 해서 이용하거나 배우려는 이가 없긴 할 것이다.

워낙에 진기 모으는 속도가 느리니까.

두 번째는 화산파에서 여러 가지 무공을 배우겠지만, 내공심법만은 선천의선강기를 계속 익힐 것이었다.

사실 화산파에서 익힐 수 있는 무공은 여러 가지겠지만, 그 중에서 내공심법 만큼은 선천의선강기를 따를 것이 없었다.

속가제자에게 허락된 무공은 대부분이 일류무공이거나 절정무공이기 때문이다. 그나마 공개된 절정무공도 그리 많지 않았다.

매화검공은 화산파의 기본이자 자존심이니 전수하지만, 그 외에 전수되는 절정무공은 난화수와 매화보 정도뿐이다.

물론 여러 가지 조건이 겹쳐지면 몇 가지 더 배울 수 있을지도 모르지만, 무공이라는 것이 잡학다식하게 배운다고 효과를 보는 것이 아니다.

물론 장호는 다르게 생각하지만, 세간의 상식으로는 그러했다.

여하튼 그런 이유로 장호는 장일에게 선천의선강기를 계속 익힐 것을 주문했다.

선천의선강기의 느린 진기 축적 속도는 약재로 보완하여 조금이라도 더 빠르게 늘이기로 했고 말이다.

여하튼 내공은 선천의선강기, 그리고 외공은 여러 가지 화산파의 무공을 배워 익히기로 했다.

장일은 결국 장호와 장삼의 눈물 어린 배웅 끝에 화산파의 일행과 같이 떠났다.

화산파의 일행은 사실 다른 목적이 있어 이동 중이다가 습격을 받았기 때문에 다시금 화산파로 복귀하기로 했었다.

장호는 형 장일이 생활할 돈도 넉넉하게 챙겨주는 것을 잊지 않았고, 그렇게 봄에 장일은 마을을 떠나고 말았다.

"에혀, 시원섭섭하구나."

그리고 초여름.

장호는 결국 비어 있는 농지의 한쪽에 앉아서 이렇게 늙다리처럼 한숨을 내쉬는 중이었다.

누가 보면 세상 다 산 줄 알겠다만, 겉모습은 아직 열여덟의 팔팔한 청년이다.

물론 겉은 그렇지만 실제 나이는 이제 열다섯.

아직 약관에도 이르지 못한 나이일 뿐.

그러나 그 정신연령은 이미 사십대라고 해도 할 말이 없을 정도였기에, 행동이 몹시 기괴해 보였다.

"형도 가고 이제 삼이 형만 어떻게 하면 되겠는데……."

큰형 장일의 혼인을 위해서 화산파로 보내었다. 덕분에 사놓은 농지를 다시 장호의 명의로 돌렸지만, 이렇게 보다시피 농사지을 일손이 없었다.

그렇다고 장삼이 농사를 지을 거냐?

그건 또 아니다.

어떻게 한다?

"에혀, 모르것다. 남은 일은 천천히 생각해 봐야지. 슬슬 황밀교에서도 뭔가 움직일 테니까."

절대고수 정도가 아니라면 강호인도 겨울에는 어지간해서는 움직이지 않는 것이 일반적이었다.

중원의 추위는 보통이 넘는데다가 산서성이나 섬서성 같은 지역은 혹한의 추위라고 할 만한 한파가 몰아닥치기 때문.

초절정고수도 길을 잃고 고립되면 열흘 안에 얼어 죽는다고 장담할 수 있을 정도였다.

물론 초절정고수가 야영 경력이 길고, 겨울에 대한 대비책도 가지고 있다면 이야기는 다르지만, 그렇다 할지라도 위험한 것은 매한가지다.

겨울의 혹한 추위는 음한장력을 전문적으로 익힌 초절정고수의 장력만큼이나 강력하니까.

보통 사람이 맨살로 반 시진 정도 겨울의 추위에 노출되면 동사한다고 보아도 될 정도였다.

여하튼 이제 봄이 왔으니 슬슬 황밀교도 움직일 것이 뻔하다.

이대로 철수를 하든지, 개방과 소림사와 거하게 한판 붙든지.

변수는 역시 구지신개겠지만, 일이 어떻게 흘러갈지는 누구도 모를 일이다.

그러나 화산파의 사람들까지 왔다 간 이관현이니 아무래도 황밀교의 관심에서는 멀어지긴 할 거였다.

전에 철피혈부와 추적자를 죽인 자는 누구인가? 황밀교는 몰랐기에 그 사실을 이곳을 주목했다.

그러나 이번에는 손 장자의 손자 손녀가 각기 화산파와 무당파의 제자인 것을 알아냈으며, 화산파의 여도사까지 다녀갔다.

근거는 충분한 셈.

실제로 아직까지는 별다른 일은 벌어지지 않고 있는 중이었으니, 장호로는 일이 잘 풀렸다고 자평할 수 있었다.

여하튼 이제 남은 것은 역시 초절정의 경지를 개척하는 것과 장삼에 대한 문제를 고민하는 것이다.

둘째 형 장삼.

숙수의 길을 가기로 했는데, 문제는 이관에서는 숙수로 대성하기 어렵다는 것이다.

염철의 요리 솜씨는 숙수 중에서는 제법 괜찮은 축에 속하지만 도삭면 같은 특별한 요리 기술을 가진 것은 아니다.

게다가 이관은 객잔이 포화 상태라서, 어쨌든 숙수로서 자리를 잡으려면 태원 같은 큰 도시로 가야 했다.

이참에 이사를 갈까?

진가의방을 정리하고 태원으로 이사를 가는 것도 방법 중 하나다.

장호는 스승인 진서를 존경하고 사랑하지만, 그렇다고 진가의방에 애착을 가진 것은 아니었기 때문이다.

고향이라고 해서 큰 애착을 가지는 성격도 아니었으니, 차라리 진가의방을 정리하고 태원에 가서 의방을 여는 것도 나쁜 선택은 아니었다.

애초에 장호는 전통을 소중히 여기는 그런 마음이 없다.

태생부터가 이름도 모를 강호인의 시체에서 찾아낸 의서이면서 무공서인 원접신공을 익혔기 때문이었을지도 모른다.

스승 없이 자수성가했던 장호.

때문에 그에게 전통 같은 것은 의미가 없었다.

그리고 스승인 진서도 의선문의 어떤 전통적인 사상을 장호에게 전하지 않았다.

단지 하나.

의선문의 기본만을 당부하였을 따름이다.

사람을 구하라.

그게 의선문의 의지.

그리고 장호는 존경하는, 그리고 사랑하는 스승님을 위하여 그 말을 실천할 생각이었다.

하지만 그것도 두 형을 건사한 다음에 하려고 했는데, 큰형 장일이 이렇게 화산파로 향했으니 아예 태원으로 이사하는 것도 나쁘지 않은 생각이었다.

"흠, 이사라. 이사라……."

장호가 기억하기로 태원은 금련표국이 무너진 이후에 춘추전국시대처럼 강호인들이 난립하기는 하지만, 그것도 국소적인 난립일 뿐이었다.

강호사 전반에 걸쳐서는 별다른 영향을 받지 않았고, 황밀교의 난이 일어날 적에도 큰 영향력을 발휘한 지역은 아니었다.

딱히 전략적으로 중요한 지역도 아니고 말이다.

물론 장호가 활동하던 시대 이후에 무슨 일이 벌어질지는 아무도 모르는 일이지만, 여하튼 그때까지는 별다른 소요가 없는 지역이 바로 산서성이다.

태원도 마찬가지.

그렇다면 태원으로의 이사는 확실히 좋은 수다.

장호는 생각하면 생각할수록 그쪽이 좋다는 결론에 이르렀다.

그리고 이를 형인 장삼에게 말해야겠다고 결정하게 된다.

농지는 아깝긴 하지만 되파는 게 나았다. 칠 할 정도의 가격으로 되판다면 손해는 보겠지만 땅이 안 팔리지는 않을 거다.

정 안 팔리면 그냥 묵혀두는 것도 한 방법이고 말이다.

장호는 이런저런 생각을 하고는 고개를 끄덕였다.

결론을 내린 것이다.

이사를 간다.

큰형 장일이 없는 땅이다. 그러니 굳이 여기에 있을 필요는 없다.

장삼도 숙수로서 성공하려면, 아니, 최소한 숙수로서의 직업을 가지고 경제적 활동을 하면서 살기 위해서는 이관에 남아 있을 수가 없었다.

그러니 결론은 이사가 답이다.

"그러면… 형과 의논을 또 해봐야 하나……."

장호는 장삼이 어떤 반응을 보일까? 하고 고민을 해보았다.

                    *   *   *

"이사? 정말로?"

"응."

"어, 잠깐. 그러니까 내 숙수라는 직업 때문에 그렇다는 거야?"

"그렇지."

장호는 장삼이 어떤 반응을 보일까 여러 가지로 염려했지만, 장삼은 그의 염려와는 전혀 다르게 헤에? 하는 멍청한 웃음을 지어 보일 뿐이었다.

"나, 그 객잔에서 계속 일하기로 했었는데……."

"에? 정말?"

이건 또 무슨 이야기야?

장호는 염철이 장삼에게 요리를 가르쳐 주기만 하는 줄 알았다. 물론 그 대가로 몇 년간은 명진서의 객잔인 진가객잔에서 일해야 하겠지만, 여하튼 후계자리를 물려준다거나 하지는 않을 거라고 생각했던 것이다.

"너도 알겠지만, 명진서 아저씨는 재산이 제법 되잖아."

"그건 그래."

"사실 그분한테 객잔은 소일거리니까. 객잔은 적자만 나지 않으면 되고, 나도 숙수로 일해도 된다고 하셨거든."

"그랬단 말야?"

"어, 그래."

이러면 이야기가 복잡해지는데?

장호의 생각상, 장삼이 장차 숙수가 되어도 일할 곳이 없기 때문에 이 마을에 있을 수 없다는 것이 확실시되었었다.

그래서 이사를 생각한 거다. 장일이 있었다면 이야기가 달랐겠지만, 장일은 화산파로 갔으니까 상관 없다.

그런데 명진서의 객잔에서 고용하기로 했었다고?

"음… 하지만 네 이야기도 땡겨. 내 가게……."

이로써 결정권은 장삼에게 넘어간 거나 다름이 없었다.

"형이 원하면 이사 가고. 아니면 말고."

"넌?"

"나는 이사 가도 되고 안 가도 돼. 내 의술이면 이사 가도 잘 먹고 살고, 여기 있어도 잘 먹고 사니까."

장호는 간단하게 대답해 주었다.

어차피 무공수련은 어디에서도 할 수 있는 거고, 사실 태원보다는 여기서 지내는 쪽이 무공수련하기에는 더 좋았다.

장호의 의술은 뛰어나서, 태원에 가면 아마도 손님이 많아 제대로 수련할 시간을 내기 어려울 터였다.

물론 밤에 잠도 안 자고 수련을 할 수는 있지만, 지금은 밤 낮으로 수련할 수 있다면 거기에 가서는 밤에만 수련할 수 있게 된다고 할까?

여하튼 수련 시간은 확 줄어든다.

그럼에도 장호가 태원에 가려고 한 까닭은 형인 장삼을 생각해서였다.

"그래……."

장삼은 장호의 말에 기묘한 표정이 되어 장호를 바라보았다.

장호의 변화는 장삼과 장일에게도 기이한 것이었다.

어느샌가 불쑥 커서는 이렇게 형들을 챙겨주고 있었다. 처음부터 두 동생을 위해서 살았던 장일의 경우에는 잘 느끼지 못하지만, 장삼의 경우에는 변화된 장호의 행동을 꽤나 크게 느끼고 있었던 것이다.

"고민을 좀 해보자."

"알았어. 뭐, 느긋이 해. 나는 언제가 되든 상관없으니까."

"그래."

장삼은 장일에게 고개를 끄덕여 주었다.

第九章

일상들이 구름처럼 흐르는구나

사람들은 일상이 언제나 변하지 않는다고 생각한다.
하지만 틀렸다.
느리지만 분명히 변한다.
좋든, 나쁘든.

누군가의 말

봄이 가고, 여름이 성큼 다가온다.

산서성의 여름은 그리 덥다고는 할 수가 없다. 애초에 고산지대인 데다가 여름이 짧으니까.

대신에 겨울이 길고 몹시도 혹독하다.

때문에 산서성의 사람들, 특히 작은 마을의 사람들은 그들 스스로의 생존을 위해서 몹시 폐쇄적이 될 수밖에 없다.

다만 이관 같은 외부인들과 자주 거래하는 마을은 조금 예외적이다. 외부인과 거래하는 것이 주 수입원인데 폐쇄적이라면 굶어죽기 딱 좋지 않은가?

그래서 장호는 오늘 오랜만의 제대로 된 환자를 맞이하고 있었다.

"이거… 독이군요. 식중독입니다."

환자는 금련표국의 쟁자수였다. 이관에 와서 약초를 거래하는 상인들의 물건을 호송하며, 동시에 상인들을 호위하러 온 표사들의 짐을 들기 위해서 온 이들이었던 것이다.

"식중독? 우리와 같은 것을 먹었는데?"

그런 장호의 앞에서 인상을 찌푸리는 사내는 바로 금련표국의 조장 중 한 명인 조청산.

이미 장호와 안면을 튼 사이이기도 했다.

그가 장호와 아는 사이라서 이렇게 쟁자수와 함께 온 것이다.

"혼자서 다른 거라도 몰래 먹었나 보죠. 여하튼 이건 뭔가 잘못 먹어서 생긴 증상인데… 그래도 죽지는 않을 겁니다. 조치가 제법 빨랐네요."

"가지고 다니던 해독약을 먹었거든……."

"운이 좋군요. 보통 그런 거 먹는다고 죽지 않는 건 아닌데……."

"그건 그렇지."

마른 중년 사내 조청산은 어깨를 으쓱였다.

장호의 말대로 해독약이라고 해서 모든 독을 해독하는 것은 아니었다.

독마다 증상이 다르고, 독을 해독할 수 있는 약의 종류도 다 달랐다.

무엇을 먹었는지는 모르지만, 뭔가를 먹어서 중독된 이 쟁자수가 해독약을 먹고 죽지 않았다는 것은 운이 좋았다는 말밖에는 할 게 없었다.

물론 완치된 것은 아니지만, 여기까지 살아서 올 정도면 그 효능은 충분히 입증된 셈이 아닌가?

"중독된 지 삼 일이 지났다고 그랬었죠?"

"그렇네."

"어디 보자… 흠. 확실히 제대로 치료 안 하면 죽을 수도 있겠네요. 내장이 완전히 너덜너덜해요."

장호는 진기를 쟁자수의 몸에 흘려보내면서 진료를 했다. 그리고 동시에 자신의 기감이 어마어마하게 발달했다는 것을 느껴야 했다.

실제로 사람을 진맥하는 것은 거의 두 달 만이었는데, 그때에는 지금처럼 세세한 '감각'을 느끼지는 못했었다.

사실 진기 진맥법의 원리는 이러하다.

진기를 흘려보내고, 그 진기를 회수할 때 돌아오는 진기의 반응을 통해서 상대의 몸속을 추측하는 것.

그게 바로 진기 진맥법이었다.

손목을 잡고 심장 박동의 상태를 통해 병을 추측하는 진맥법보다는 더 뛰어난 것이 당연하지만, 그렇다 해도 직접 만지거나 느끼는 것은 아니었다.

그런데 지금은 생생히 느껴졌다.

마치 손으로 만지듯이.

그간 했던 진기 운영 및 숙련을 위한 수련이 효과를 발휘한 것일까?

여하튼 장호는 세세히 쟁자수의 몸을 검사하였고, 쟁자수의 장내에 독성을 발하는 것이 여전히 남아서 구토와 설사를 일으키고 있음을 알 수 있었다.

그렇다면 저 독성 물질을 토해내게 하든가, 혹은 중화를 해야 한다.

어느 쪽으로 치료를 해야 할까?

장호는 힐긋 쟁자수를 보았다.

중화를 하는 것은 강호인의 경우에는 그리 어려운 문제가 아니다.

현재 독의 반대되는 독을 먹이고 운기조식을 하면 되니까.

하지만 쟁자수는 그럴 체력이 없고, 이럴 때에는 토하게 하는 것이 좋다.

그나마 그 해독제인지 뭔지를 먹어서 독성 물질이 퍼지지 않게 막은 것은 좋은 일이다.

"해독제 좀 줘보시겠어요?"

장호의 말에 조청산은 품에서 해독제를 꺼내 건네었다. 그것은 송진 냄새가 나는 딱딱한 새알 모양의 환약이었는데, 장호는 냄새를 한번 맡아보고는 그대로 입에 털어내었다.

오도독오도독.

"흐음. 이거 꿀을 안 쓰고 송진을 썼네요. 송진 몸에 좋긴 하죠. 쓰지만."

"그렇지, 쓰지."

"어디 보자. 이건… 독을 멈추게 하는 거군요. 독에 작용해서 몸에 퍼지는 것을 막아주는. 아하, 그렇구나. 이거 먹어서 독을 멈추게 하고, 운기조식해서 독을 몰아내라는 건가? 하지만 이거 강호인이 아니면 효과도 없는데다가 멈출 수 있는 독도 그리 많지 않은 것 같은데……."

장호는 금련표국의 해독약이라는 게 예상과는 전혀 다른 형태라서 살짝 놀랐다.

발상이 비범하다. 해독제라면서 사실 독을 해독하는 것이 아니고 독의 진행을 막아내고 내공으로 몰아내게 만들어주는 약이라니.

효과가 있긴 있으니까 쓸 만한 약으로 보였다.

게다가 장호의 예리한 미각에 의하면 이 약에 들어간 약재는 모두 장호가 아는 것이다.

장호도 만들 수 있을 정도였다.

"대충 알겠네요. 그러면… 이 양반이 먹었을 독은 뱀독일 겁니다."

"뱀?"

"불침번이나 뭐 그런 거 서다가 뱀이라도 발견해서 잡아먹었나 보죠. 독 처리를 잘못해서 이렇게 된 거고……."

"허허, 참. 혼자만 뱀을 잡아먹었어?"

조청산은 혼절해 있는 쟁자수를 보면서 혀를 찼다. 그리고 나중에 혼쭐을 내줄 거라는 생각도 같이 하였고 말이다.

"여하튼 치료는 가능합니다. 다만 제대로 못 먹고 탈진 같은 것을 해서 며칠간은 정양해야 할 것 같은데요."

"에잉, 여러모로 곤란한 녀석이네. 자네가 열흘 정도만 맡아주겠나? 표행 끝나고 오는 길에 데리러 오지."

"그러세요. 다만 돈은 주셔야 합니다."

"그거야 선불로 내지. 이놈 월급에서 까면 돼."

"그렇게 하시죠."

장호는 몇 가지 처치를 하고 약을 먹이고는 환자실을 나왔다. 나오면서 이연과 이진에게 환자를 돌보라는 말을 잊지 않았다.

이어 장호는 접객실로 향했다.

"그나저나 오랜만에 오셨네요."

"저번 그 일 때문에 상행도 대부분 멈추었었으니까."

"겨울 끝나고 바로 움직이셨나 보군요."

"그랬지."

"어떻게 되었습니까?"

"허탕이야."

"허탕이요?"

"그래. 전부 사라졌더군."

장호는 그의 말에 고개를 끄덕였다.

황밀교는 만만한 단체가 아니다. 구지신개를 처리하고자 움직이면 처리할 수도 있었을지도 모른다.

그러나 구지신개가 나타남으로 인해서 개방도들 역시 증가 했었다.

"그게… 구지신개 어르신이 오셨었거든."

"삼존 중의 한 분이신 바로 그분요?"

장호는 알면서도 모르는 척 놀랐다는 표정을 지어 보였다. 그 모습에 조청산은 고개를 끄덕이면서 어린아이에게 옛 이야기를 들려주는 어른처럼 말을 이었다.

"그래, 바로 그분이지. 천하십대고수 중 가장 강하다는 삼존 중 한 분 말이야. 그분이 오셔서 조사를 시작했는데… 겨울에 소식이 끊어지셨었어."

"그건……."

"혼자 움직이신 거지."

겨울의 추위는 무섭다. 하지만 절대고수 중에서도 삼존이라 불리는 구지신개쯤 되면 추위는 아무것도 아닌 모양이다.

초절정고수도 몸을 사리게 만드는 것이 산서성의 겨울인데……

"듣기로 십대고수들은 전설에나 나오는 한서불침(寒暑不侵)의 경지라고 하더군."

"그게 가능한 거였어요?"

화경이 되면 그렇다는 이야기는 장호도 들어본 바가 있다. 그런데 진짜였을 줄이야?

"여하튼 그분께서 직접 나서셨는데, 그 수상한 무리는 흔적도 안 남기고 사라졌다고 해."

"그놈들은 대체 뭐가 목적이었을까요?"

"모르지. 그래서 더더욱 수상해서, 국주님께서 사형제분들을 불러들이셨어."

"사형제분들?"

"그러니까 소림승들을 말하는 걸세."

소림승!

장호도 전생에 소림승들을 만난 적이 있었다. 불교를 배경으로 한 문파는 기이하게도 구파일방 중 아미파와 소림사뿐인데, 소림사는 그 역사가 강호제일이라고 할 정도로 긴 문파였다.

소림사는 본시 북위(北魏)의 효문제(孝文帝)가 발타선사(跋陀禪師)를 위해서 만들었다고 하는 절인데, 달마대사가 바로 이 소림사에서 구 년간 면벽수련을 한 것으로 유명했다.

그 때문일까?

달마대사가 창건한 불교의 한 종파인 선종이 소림사에 자리를 잡았고, 그로부터 세월이 흘러 혜능대사의 시대에 와서는 지금의 소림사의 원형과 같은 모습이 되었다고 한다.

혜능대사는 전설적인 승려인 달마대사의 여섯 번째 대의 제자라고 해서 육대조, 혹은 육조 혜능이라고도 불리는 사람이고, 현재 소림사의 무공을 모두 정리했다고도 알려져 있었다.

소림칠십이절예가 바로 이 혜능대사가 정리한 것이라는 것은 강호사에 널리 알려진 사실이었다.

달마대사는 여러 설화를 남긴 고승으로, 선종이라는 불교 종파를 세운 사람이기도 했다.

고대 중원의 남북조시대의 고승인 달마대사는 선종을 세운 이후 그 종적이 묘연한 것으로 유명하기도 했다.

어떤 이는 달마대사가 불법을 깨우쳐 부처가 되었다고도 하는데 그 진실은 누구도 모르는 일이다.

그런 달마대사의 선종을 대대로 이어받는 승려 중 오대조 홍인대사가 있는데, 이 홍인대사를 찾아간 육대조 혜능대사가 바로 소림사를 지금의 소림사로 만든 장본인이었다.

여하튼 유구한 역사를 간직한 소림사의 고승은 절대라고 할 만큼 강력한 무공을 소유한 자들이었다.

그럼에도 소림사는 강호에 그리 큰 관심을 두지 않았다. 그들이 모습을 드러내는 때는 단지 하나뿐으로, 웃기게도 그들의 속가제자들이 도움을 청할 때뿐이라고 한다.

사파가 날뛰든 전쟁이 일어나든, 소림사의 승려들은 속세의 일은 속세의 일이라면서 내버려 두었던 것이다.

그런데도 속가제자들의 분쟁에는 모습을 드러내니, 그 모습이 사람들의 눈에 기괴하게 보이는 것은 어찌 보면 당연하다면 당연한 일이었다.

그러나 아무도 소림을 무시하지는 못한다.

소림사가 직접 나서서 권선징악을 행하는 것은 아니지만, 소림사의 속가제자들은 충분히 사람들에게 선의를 행했기 때문이다.

게다가.

소림사는 강했다.

그것도 아주 강하다고 할 정도였다.

하지만 소림사에는 사실 나름의 고충이 있었다.

그들은 기본적으로 승려였고, 소림사의 무승들이 강해지는 배경에는 불심이 있었다.

불심이 깊을수록 무공이 강해진다.

문제는 불심이 강해질수록 속세에 대한 마음이 점점 엷어져 버린다는 것이다.

그러다 보니 소림사의 원로 고수들의 경우 세상일에 그다지 관여를 하지 않으려고 하는 성향을 띠게 되었던 것.

사실 당연한 것이기도 했다.

불교의 근원 교리는 바로 인간의 해탈에 있다. 반야심경만 해도 그런 내용이지 않은가?

색즉시공 공즉시색이 괜히 있는 말이 아니다.

해탈을 기반으로 한 내공심법.

당연히 사람의 마음이 점차 바뀔 수밖에 없고, 그래야지만 무공을 대성할 수 있는 것이다.

그러다 보니 소림사의 승려들은 점점 속세의 욕망을 떨쳐 버리다 못해 속세의 일 자체에 관심을 가지지 않게 되는 것이다.

그러니 강할 수밖에.

인간의 오욕칠정에서 멀어지면 질수록 강한 것이 소림승.

그리고 소림에서 외부의 외유를 허락받으려면 머리에 계인을 찍어야 했다.

그 계인을 받으려면 오욕칠정을 어느 정도 버렸다는 증거를 보이는 시험을 통과해야만 했다.

사실 금련표국주 번청산은 바로 그 시험에서 탈락하여 환

속하고 속가제자가 되었으니, 그 시험이 얼마나 중요한지 알수 있는 대목이었다.

"번 국주님의 사형제분들이시라면……."

"삼대제자지."

"음……."

소림의 삼대제자!

"그렇다면 원자배의 소림승이시겠군요."

"원광, 원요, 원허. 이렇게 세 분이나 오셨더군."

"원허라면……."

원허대사!

황밀교의 난때에 혈광승이라고 불리게 되는 이다. 살벌하고 흉악한 별호지만, 그렇다고 그가 무도한 짓을 벌인 것은 아니었다.

황밀교의 난 때에 사형제들과 제자들을 잃은 그는 소림사에 내려오는 전설적인 무공 중 하나인 아수라나한기공을 익히고 만다.

아수라는 불법을 수호하는 사대천왕의 바로 아래에 위치한 팔부신장 중의 하나.

본래는 귀신이며, 악행을 저지르던 아수라는 불법에 귀의하여 스스로의 죄를 씻고자 불법을 수호한 신장이 되었다고한다.

그러한 존재가 여덟이고, 이들을 일컬어 팔부신장이라고 부른 것이다.

나한(羅漢)은 불교의 여러 수행을 모두 완성하여 스스로 해탈의 경지에 들어선 성인이나 성자를 뜻하니, 아수라나한기공은 아수라가 불법의 수행을 끝마쳐 스스로 해탈의 경지에 이르렀음을 표현하는 무공이었다.

당연하지만 무시무시한 위력을 가진 무공이었고 또한 살인적인 공능을 가진 무공이기도 했다.

그는 소림사를 지키기 위해서 싸웠고, 많은 이를 이 아수라나한기공을 사용해 격살하였다.

때문에 혈광승이라는 별호로 불리었으니, 그가 얼마나 많은 적을 죽였는지 알 수 있는 대목일 것이다.

여하튼 미래에 혈광승이라고 불릴 원허대사가 여기에 와 있다.

아직은 아수라나한기공을 익히지 않았을 테지만, 몇 년 후면 그는 복수심에 불타 아수라나한기공을 익혀 혈광승이 되리라.

물론 그렇지 않을 수도 있었다.

미래가 이미 바뀌었고, 무너졌어야 할 금련표국은 무사하며, 아예 원자배의 소림승이 세 명이나 와 있지 않은가?

원자배에는 초절정고수가 있어도 이상하지 않으니 그들

중 적어도 한 명 이상은 초절정고수라고 보아야 했다.

"듣기로 소림에서 가장 기대하는 제자 중 하나였다고 하더군. 지금도 충분히 강호에 이름을 알린 고수라지?"

"그렇군요."

"여하튼 분위기가 묘하지만, 그렇다고 언제까지고 표행을 안 갈 수도 없지 않나? 대신에 과거보다 표사의 수를 늘렸네. 수익은 떨어지지만 목숨은 소중하지 않은가?"

"하긴 그것도 그러네요."

상인들도 손해를 볼 수는 없는 법. 그러다 보니 서로가 양보하여 표국은 사람을 늘이고, 상인은 돈을 좀 더 내기로 했을 터다.

숫자가 많아지면 더 안전해진다. 그리고 사건이 생긴다고 해도 뒷수습을 하기도 편하고 말이다.

사람이 많으면 생존자도 많을 수밖에.

생존자가 없어도 흔적이 많이 남으면 추적이 용이했다.

"그래도 자네가 여기에 있어서 다행이야."

"별말씀을."

"저렇듯이 밖으로 나오면 하나하나 다 조심하지 않으면 안되네. 자칫 잘못하면 죽을 수도 있으니까."

"그게 강호죠."

"그래, 그렇지… 여기 대금일세. 전장이 없으니 현금이 좋겠지?"

금자 하나를 내려놓는 조청산의 말에 장호는 빙그레 웃으며 돈을 챙겼다.

사실 은자로 다섯 냥 정도면 치료비와 열흘 동안의 정양비로 충분했을 터다.

이것은 조청산의 호의라고 할 만했다.

그렇다면 이쪽에서도 호의를 보여주어야 할 터.

장호는 이연을 불러 하나의 약을 가져왔다.

"이건 뭔가?"

"내상약입니다. 위급 시에 도움이 될 겁니다."

"흠흠, 이런 걸 바란 건 아니네만. 고맙게 받겠네."

조청산은 그렇게 내상약을 냉큼 챙겼다.

사실 원가로는 은자 두 냥 정도지만, 효과는 확실한 약이었으니 조청산도 좋고 장호도 좋은 일이었다.

"그럼 가보겠네."

"예. 열흘 후에 뵙겠습니다."

그렇게 조청산은 떠나갔다.

그리고 그런 조청산은 열흘 후, 장호가 예상도 못한 인물들과 같이 오게 된다.

第十章

왜 네가 여기에 있지?

옷깃만 스쳐도 인연이다.

불가(佛家)의 격언

"여기가 바로 진가의방입니다. 주인은 어리지만 솜씨가 아주 비상하지요."

그것은 어느 날의 아침이었다.

조청산은 열흘이 지나서도 돌아오지 않다가 십삼 일이 되던 날에 돌아왔다.

그런데 문제는 혼자 오지 않았다는 점이다.

웬 조그마한 여자아이를 들것에 싫어서는 함께 왔는데, 일곱 살 정도의 여아였다.

그 여아를 보필하는 무인들은 척 봐도 강해 보였고 무복에 제갈세가라는 문장이 수놓아져 있었다.

제갈세가의 무인들인 것이다.

그런데 문제는 들것에 실린 그 여아의 곁에 또 다른 여아가 있다는 점이었다.

그 여아의 나이는 열다섯 정도로 보였는데, 기실 장호보다 한 살 어린 여아였으며 장호는 그녀를 알았다.

제갈소여.

그것이 바로 그녀의 이름이다.

그렇다면 제갈소여와 조금 닮은, 그러나 더 많이 예쁜 인형 같은 들것에 실린 소녀는 대체 누구란 말인가?

장호는 직감했다.

제갈화린.

왜 네가 여기에 있지?

"이쪽이 의방의 주인이지요."

조청산의 표정은 신중했고, 장호는 그 모습을 보고 그저 한 숨만 마구 내쉬고 싶어졌다.

어쩌다가 제갈화린과 제갈소여가 여기까지 오게 된 것인지 알다가도 모를 것 같은 장호였던 것이다.

제갈소여가 제갈화린의 친언니였나?

"급한 환자인 것 같으니 일단 환자부터 이쪽으로 옮겨주시오."

장호는 별다른 말을 하지 않고 일단은 지시부터 내렸다.

들것에 실린 여아의 안색이 푸르고 입에서는 차가운 한기마저 흘러나오고 있었다.

이는 빠르게 치료를 하지 않으면 안 되는 수준인 것이다.

무사들은 제갈소여를 바라보았고, 그녀가 고개를 끄덕이자 별말 없이 장호의 말에 따랐다.

환자실로 간 장호는 조심조심 제갈화린을 침상에 눕히고 진단을 시작했다.

망진, 촉진 같은 것에서부터 기감을 통한 진단까지 하나둘 한 장호는 한숨을 내쉬고서 일단 몸을 돌렸다.

"연아, 너는 물을 끓여라. 많이 끓여야 한다. 진이 너는 창고에서 구기자를 몽땅 꺼내어 네 누나에게 주어 끓이게 하고 근처 약재상을 돌며 말린 약쑥을 모두 구해 오거라. 당장!"

"예, 의원님."

"예!"

이연과 이진은 장호의 말을 듣자마자 바로 움직이기 시작했다. 그리고 그는 직접 밖으로 나가 땔감을 가져왔다.

장호는 환자실 가운데에 있는 화로에 직접 땔감을 던져 넣고 불을 피워냈다.

이런 일은 본래 이연과 이진이 하는 것이지만, 둘 다 바쁘게 움직여야 했기에 장호가 직접 한 것이다.

자, 그러면 이제 그녀의 외부를 따뜻하게 해야겠군.

절맥증.

두 가지 경우가 있다.

하나는 양맥, 그리고 다른 하나는 음맥이다.

그러나 양맥의 경우에는 사실 잘 알려지지 않은 편이다. 왜냐하면 양맥의 경우는 태어나자마자 죽는 경우가 많기 때문이다.

몸이 추우면 보충할 수 있다. 그러나 몸이 뜨거우면 열을 내리기가 쉽지가 않다.

그래서 양맥을 앓는 이는 아기일 때 죽는 것이 태반이고, 오래 살지도 못한다.

양맥을 앓는 이가 살아남으려면 저 먼 북해의 혹한의 추위로 가득한 지역에 가야 할 것이다.

반대로 음맥은 몸이 차가워진다.

구음절맥만 해도 몸이 얼어붙어 버릴 정도로 차가워지게 되는 것이다. 그러니 절맥증 중에서 음맥에 걸린 이들은 몸을 따뜻하게 하고 살면 그래도 오랜 시간 생존이 가능했다.

하지만 몸 내부는 계속 차가워지고, 몸 외부에서 양기를 공급하는 데에는 한계가 존재한다.

바로 피부와 살, 그리고 근육 때문이다.

어째서 몸 내부에서 음기가 생기는지에 대해서는 아직도

의견이 분분하고, 그 원인은 밝혀지지 않았다.

하지만 그럼에도 절맥증은 치료를 할 수는 있다.

원인은 모르나 치료는 가능하다.

그러나 그것도 절맥증의 종류와 단계에 따라 다르다.

구음절맥은 치료가 불가능하다 알려져 있고, 강호사를 통틀어도 치료된 적이 단 세 번뿐이라고 할 정도였다.

그 밑으로 팔음, 칠음, 육음, 오음 등으로 나뉘는데, 그나마 오음절맥까지는 양기를 머금은 영약을 섭취하면 나을 수 있다고 한다.

문제는 오음절맥을 낫게 할 정도의 영약은 무가지보나 마찬가지라는 것.

저 대단한 제갈세가도 자력으로 구하지 못했던 물건이었다.

때문에 선검문의 진무룡이 천년화리의 내단을 구해 온 것이 아니던가?

여하튼 그런 이유로 오음절맥이라고 해도 굉장히 난해한 병이었다.

장호도 이 오음절맥을 치료할 수 있다고 장담할 수가 없었다. 다만 완화는 가능하다. 전생에서도 한 번 완화를 했었으니까.

그리고 지금은 전생에 비하여 의술이 높아졌다.

요점은 음기의 제거에 있다.

음기를 생성하는 근원을 제거하지 못한다 할지라도, 일단 몸에 쌓인 음기를 제거하면 환자는 제정신을 차리는 것뿐만 아니라 건강도 되찾을 수 있다.

다시금 음기가 쌓이겠지만, 그것을 계속 제거한다면 호전이 된다. 여하튼 정상적으로 살 수 있을 것이다.

지금 하려는 게 바로 그런 치료였다.

우선 외부에서 열기를 만들어내어 그녀의 몸을 따뜻하게 데운다. 그리고 그 열기가 몸 내부로 침투하게 만드는 거다.

그러나 오래는 할 수 없다.

인간의 피부와 육신은 약해서, 한기를 잡을 정도로 열기를 만들었다가는 몸이 익어버린다.

그다음부터는 몸 내부에 열기를 직접 넣어야 한다.

양강기공을 익힌 자가 있다면 좋겠지만, 그런 자가 없으니 탕약을 써야 했다.

그리고 동시에 뜸을 쓸 것이다.

중원의 의술은 약, 뜸, 침이 기본이다. 이 세 가지를 써서 병을 다스리지 못하면 어지간해서는 고치기 어렵다고 보아야 했다.

약은 안에서 몸을 조절하고, 뜸은 몸 밖에서 몸 안쪽에 깊이 영향력을 행사할 수 있다.

특히 이런 한기를 몰아내는 데에는 아주 특효이다.

"여자를 제외한 모든 이는 나가십시오."

"무슨 말이죠?"

제갈소여가 직접적으로 묻는다.

장호는 그녀에게 과거처럼 말을 놓을까 하다가, 제갈세가의 가신들을 한 번 보고는 입을 열었다.

"옷을 벗길 겁니다. 오음절맥은 보통 병이 아니고, 치료법 또한 보통의 방식으로는 안 됩니다."

장호의 말이 끝남과 동시에 제갈소여가 장호의 전면, 아주 가까이 성큼 다가왔다.

키는 장호보다 작으나 그녀의 두 눈은 매섭게 빛나고 있다.

장호는 그녀가 아름답다는 사실을 인정해야만 했다.

어째서 그녀의 이름이 알려지지 않았을까?

"치료가 가능한가요?"

"완치는 무리지만, 상태를 호전시키고 정상적인 생활이 가능하도록 만들 수는 있소, 제갈 소저."

"장 의원은… 단번에 병을 알아보는군요. 혹시 과거에도 치료를 해본 적이 있나요?"

"있소. 그때도 완치는 아니었고, 완화시키는 정도였지만…….'

장호는 간단하게 대답했다. 그리고 그것은 사실이기도

하다.

생각해 보면 재미있는 일이다.

전생에 오음절맥을 완화하는 치료를 했던 것도 제갈화린이었지 않던가?

그 당시의 제갈화린은 음한장력에 격중당했었다. 때문에 오음절맥이 발작하여 죽음의 위기에 처했었던 것.

"어째서 절맥증의 환자가 여기에 온 것인지는 모르겠으나, 여하튼 나로서도 완화가 한계요."

"그거면 충분해요."

"여하튼 다 나가시오."

장호의 말과 함께 제갈소여가 제갈세가의 무인들에게 눈짓했고, 제갈세가의 사람들은 고개를 끄덕이고는 밖으로 나갔다.

장호는 거침없이 제갈화린의 옷을 벗겼다.

그러고 보면 이 치료는 전생에서도 했었다. 지금은 전생보다 더 나은 치료를 할 수 있게 되었긴 해도, 결국 치료 방식은 같다.

화아.

아직 어리지만, 그럼에도 하나의 예술 작품 같은 아름다운 나신이 드러난다.

열 살도 되지 않은 어린 소녀의 몸이 이토록 아름다울 수 있을까?

그러나 장호는 감탄을 하지는 않았다. 이런 일에 일일이 반응하기에는 장호가 지나온 세월이 너무 파란만장했다.

일단 옷을 벗기자 그 아름다운 몸의 여기저기가 새파랬다.

얼어붙고 있는 거다. 아직 내공도 거의 없고, 몸도 약하기에 제갈화린의 몸은 더 빠르게 얼어붙고 있었다.

장호는 과감히 바로 손을 썼다.

우선 손을 들어 바로 제갈화린의 맨들맨들한 가슴을 잡아간 것이다.

아직 덜 여물어 성숙하지도 못한 가슴.

그곳에 두 손을 얹었다.

"읏!"

제갈소여가 옆에서 짧은 잇소리를 낸다. 그러나 그녀는 장호를 제지하지는 않았다.

그사이에 장호는 선천의선강기의 내가진기를 그녀의 몸 안으로 불어 넣고 있었다.

지독한 차가움.

신장되어 예민해진 기감은 그녀의 내부를 모두 느끼게 만들어준다. 그 안으로 선천진기에 가까운 정순한 내공인 선천의선강기가 스며들어 갔다.

우선 심장.

심장에 진기가 들어가 그 부위에서 동그랗게 구슬을 만들어 회전시킨다. 그것은 열기가 되어 차가워진 심장을 단숨에 뜨겁게 만들고 고동치게 만들었다.

두근, 두근, 두근, 두근.

피가 돈다. 그 피에 선천의선강기가 만든 온기가 섞였다.

그녀의 몸에 삽시간에 김이 나기 시작했다.

그때다.

"의원님! 가져왔습니다."

"거기에 내려놔라."

이연과 이진이 나타났고, 펄펄 끓는 큰 냄비를 둘이 들고 들어왔다.

"그리고 진이는 문 밖에서 대기하고, 연이는 내 옆으로 와. 빨리!"

"예!"

장호는 빠르게 지시를 내렸다.

"끓인 물을 그릇에 담아 줘봐."

"예."

이연이 그릇을 주었고, 장호는 그 안의 약물을 마셨다.

"흠. 농도는… 이 정도면 모자란데. 더 끓여. 그리고 쑥은?"

"밖에 대기시켜 놨어요."

"가져와."

"예."

곧 말린 쑥이 들어왔다. 장호는 그것을 구기자를 끓인 약물에 살짝 적셔서 뭉쳐냈다. 그리고 진기를 사용해 순식간에 말린 다음에 제갈화린 몸 곳곳에 올리고 불을 붙였다.

화악.

그러는 사이사이에도 장호는 계속해서 진기를 불어 넣었고, 그녀의 몸에서 점점 한기가 사라지기 시작했다.

제갈소여는 그 모습을 똑똑히 바라보았다.

그 이후에 장호는 너무 끓여 졸아버린 구기자 약액을 덜어내어 제갈소여에게 조금씩 먹였고, 뜸을 몇 번이나 갈았다.

그리고 종국에는 뜨거운 구기자 약액을 천으로 적셔서 제갈화린의 몸을 닦아주었다.

그것도 한두 번이 아니다. 몇 번이고 몇 번이고 닦는다.

그럼에도 제갈화린의 피부가 화상을 입지 않은 것은 세심한 온도 조절 때문이었다.

그렇게 모든 조치와 치료가 끝난 것은 두 시진이 지난 이후였는데, 그때에는 이미 제갈화린의 혈색이 돌아왔고 음기가 완전히 사라진 상태였다.

"후우, 끝났군. 진이와 함께 뒷정리를 하고 나서 쉬도록 해. 수고했다."

"아닙니다, 의원님."

"뭘 아니야. 정리하고 쉬어. 오늘 일은 이걸로 끝이다. 그리고… 오랜만이지?"

장호는 고개를 돌리고 마치 석상처럼 서서 강렬한 눈빛으로 바라보고 있는 소녀에게 말을 걸었다.

장호보다 한 살 어린 소녀이자 제갈세가의 장녀인 제갈소여.

그녀의 눈빛은 마치 태양 같았다.

*　　　　*　　　　*

"그래서, 어째서 여기에 온 거야?"

장호는 과거 이미 제갈소여에게 말을 놓아버렸다. 그것은 제갈소여도 마찬가지.

때문에 단둘이 있는 지금은 서로에게 말을 놓고 있었다.

강호에서도 남녀가 말을 놓고 스스럼없이 대화하는 경우는 그리 많지 않았다.

아무리 강호인들이 일반인들과는 전혀 다른 개방적인 사고방식을 가지고 있다고는 해도 이렇게까지 급진적인 것은 아니니까.

하지만 제갈소여와 장호의 만남은 처음부터 기이했고, 덕분에 이렇게 되었다.

누가 봐도 친밀한 사이로 보이는 언행.

그리고 두 명 모두 이 일이 어색하지 않았다.

"비밀. 그건 말해줄 수 없어."

"그렇다면야. 하지만 제갈화린을 데리고 여행을 한 것은 좋은 생각이 아니었어."

"알아. 하지만 어쩔 수 없었으니까."

"의원을 동행하지 그랬어?"

"했었어. 다만 살해당했고."

"그런가……."

"숙부 때와 같아."

그녀의 말에 장호는 과거의 일을 기억해 냈다.

제갈손, 그를 치료한 것이 장호 아니었던가?

"어때? 지금도 그때처럼 말할 거야?"

그녀는 갑자기 사건의 경위와는 상관없는 말을 꺼내었다. 그때처럼 말한다. 그것은 장호의 말을 뜻하는 것이었다.

─나는 너에게 관심이 없어. 네가 똑똑하고, 귀엽고, 제갈세가의 여식이고, 음… 또 뭐가 있더라? 여하튼 관심 없어. 알았지?

그 말을 묻고 있다는 것을 장호는 즉시 깨달았다. 그리고

새삼 그녀를 다시 보았다,

열넷.

그런데 그녀도 전과 다르게 몹시 자라 있었다. 그때는 아직 어린 소녀였다면, 지금은 피어나기 시작한 꽃 같았다.

무가의 자식답게 키도 컸고, 몸의 성장 역시 일반인과는 다른 성숙한 것이었다.

그녀라고 하는 꽃이 만개한다면 강호에서는 아름다운 꽃을 볼 수 있으리라.

그런데 왜 그녀는 미래에 이름을 알리지 않았을까?

충분히 아름답고, 또한 지혜롭다.

설마.

죽었던 것일까?

그래서 그녀의 이름이 미래에 알려지지 않았던 것일까? 그러면 언제 죽었어야 했을까? 혹시 장호가 제갈손을 구하던 바로 그때였을까?

장호는 의문들을 가지고 그녀를 본다.

흑요석을 박아 넣은 것 같은 아름다운 눈동자와 그 눈동자를 돋보이게 하는 이지적인 눈매와 길고 세밀한 속눈썹.

볼수록 장호는 그녀에게 빠져드는 자신을 발견할 수 있었다.

그리고 문득 장호는 여이빙이 생각났다.

연인 같기도 하고 아니기도 한 그녀.

서로 구속받지 않는 사이.

문득 그녀가 보고 싶었다.

"남자는 이상해."

잠시 말이 없는 장호를 보며 그녀가 먼저 말을 꺼낸다.

"어떻게 지금 상황에서 눈앞의 여자를 두고 다른 여자 생각을 할 수 있을까?"

장호의 두 눈이 살짝 흔들렸다.

눈치가 엄청난데.

"신선하기도 해."

"어떤 면이?"

"그때에도 내가 말했었던 것 같은데… 나는 제갈세가의 장녀야."

"그래서?"

"그리고… 예쁘지 않아? 내 동생보다는 조금 못할지 모르지만."

"네 말은 사실이지."

"그런데도 너는… 달라. 특별하게 달라."

"그럴 수도 있는 거 아니겠어? 사람은 많고, 십인십색이라고 하잖아? 나도 그런 거뿐이야."

장호는 강호인 중에서도 괴이하다고 할 만한 삶을 살아왔다. 거기에 더해서 장호는 이렇게 과거로 회귀하기까지 했다.

당연하게도 일반적인 사람과는 그 사고방식과 하는 행동이 다를 수밖에 없었다.

그리고 그런 행동들은 제갈소여에게 몹시 특이하게 보인다.

그럴 수밖에.

"그럴까?"

"그런 거야."

"그렇구나."

그녀는 빤히 장호를 바라본다.

그 예쁜 눈동자로 바라보자 장호는 어쩐지 기분이 이상해졌다.

저 눈빛은 여이빙이 장호를 빤히 바라볼 때의 그 눈빛이다.

여자들은 어째서 저런 기분 이상해지는 눈빛을 보내는 걸까?

"치료는 잘된 거지?"

"속도로 보면 적어도 한 달간은 안전할 거고, 두 달째에 접어들면서 쌓이는 음기가 육체를 해하게 될 거야. 치료법 적어줄까? 대가는 받을 테지만."

"음기를 제하는 치료법 말이지?"

"그래. 바로 그거. 원리만 알면 어지간한 의원은 다 할 수 있지. 기술적으로 높은 수준의 방법이 필요한 건 아니니까. 다만 이 원리가 바로 비전이라는 게 문제지만."

기초 원리는 그리 귀하지 않다.

그러나 간단해 보이는 응용법도 새롭게 알아내기 위해서는 많은 시간과 노력이 들게 마련이었고, 그것은 비전이라고 부르는 종류의 것이었다.

무공의 비전은 부모자식 간에도 쉽게 알려주지 않는 것이 무림의 법도였고, 다른 영역에서도 그런 일은 비일비재했다.

요리의 비전, 조각의 비전, 전부 쉬이 가르쳐 줄 수 있는 것들이 아니었다.

"그런데 음기를 제거하는 치료법을 알고 있던 의원이 없었어?"

"없었어."

"그래? 중원의 의술 수준이 그새 많이 떨어졌나… 황궁 어의 정도면 알 텐데?"

"지금 네 의술이 황궁 어의만큼 대단하다고 말하는 거야?"

어이없다는 제갈소여의 표정.

장호는 피식 웃었다.

"이래 봬도 의선문의 제자라고?"

"의선문?!"

제갈소여의 두 눈이 동그래진다.

의선문의 세간의 평가는 확실히 과장되어 있기에 제갈세가의 장녀인 그녀도 알고 있었던 모양이었다.

"모르고 있었어? 개방은 알고 있는데."

구지신개가 알았으니 개방도 알고 있다고 보아야 한다.

제갈세가는 정파 중에서도 제법 큰 세력의 가문이니 개방에서 그런 정보는 얼마든지 얻을 수 있을 것이다.

"아니… 몰랐어."

"그럼 여기는 어떻게 온 거야?"

"화린이가 이 근처에 올 일이 있었으니까. 그리고……."

"발작이 일어났다?"

그녀는 고개를 끄덕이는 것으로 대답을 해주었다.

"그간은 영약으로 버틴 건가?"

"그래."

"제갈세가의 의당 당주는?"

"절맥증에 대해서는 조예가 그리 깊지 않아."

"하기사."

절맥증은 만나기가 극히 희귀한 종류의 병이다. 익히기도 까다롭고, 제대로 치료한다는 보장도 없는 병인데 굳이 이걸 연구하는 의원이 있을 리 없다.

"절맥에 영약은 그리 효과가 없어. 있다면 상극의 속성을 가진 상급의 영약 정도겠지. 오음절맥을 완치할 수 있는 영약은 천년화리의 내단 정도면 돼. 혹은 천년삼이라든가."

"또는 그만한 양기를 지닌 영약이면 효과가 있다던가?"

"그렇지."

"그렇구나……."

그녀는 무언가를 골똘히 생각하는 모양이었고, 그 모습을 보던 장호는 한 가지 기억을 떠올렸다.

천년화리.

진무룡이 그 영물이 어디에 살고 있는지 장호에게 말해준 적이 있었기 때문이다. 그리고 천년화리를 잡기 위해서는 적어도 초절정의 고수가 되어야 한다는 것도 말해준 적이 있었다.

천년화리라.

내가 그걸 잡아서 제갈세가에 준다면 제법 큰 목돈을 받을 수 있을 것 같은데?

생각해 보면 장호 자신이 의원의 일을 하게 된 것은 원접신공 때문이었다.

장호의 궁극적인 목적은 의술의 발전이 아니라 사실 무공 경지를 높이는 데에 있었다.

안전은 몹시 중요하며, 생존은 제일목표라고 할 수 있으니까. 그러기 위해서 아무것도 가지지 않은 상태인 장호가 강해지기 위한 제반사항을 얻기 위해서 의원이 된 것에 가까웠다.

물론 지금은 스승인 진서의 유언을 받들어 어려운 처지의 사람들을 구하는 것도 목표에 끼워 넣기는 한 상황이지만, 여하튼 강해지는 것이 주 목적이었다.

그렇다면 천년화리의 내단을 건네주고 무엇을 얻을 수 있을까?

목돈도 목돈이지만, 쓸 만한 절정무공이나 상승무공을 얻을 수 있지 않을까?

신공절학급의 무공은 무리더라고 할지라도 상승무공 정도라면…….

장호는 거기까지 생각하고는 이 일에 대해서 검토해 봐야겠다고 생각했다.

제갈세가의 일을 통해서 한몫 잡을 수 있을 수도 있었으니까.

아니, 직접 움직일 필요도 없으리라.

정보를 주고 돈 대신에 상승절학을 받으면 그것도 좋다.

어떻게 할까? 생각지도 않았던 의외의 상황인지라 장호는 어떻게 할까 곰곰이 생각에 잠겼다.

그리고 제갈소여도 마침 생각에 잠긴 터라 둘 다 말없이 찻잔만 만지작거리고 있었다.

이윽고 장호는 결론을 내렸고, 아직도 생각에 빠진 제갈소여를 바라보았다.

"소여."

"왜?"

"너는 제갈세가에서 얼마나 큰 권한을 가지고 있지? 상승 절학을 거래 대상으로 삼을 수 있을 정도야?"

"그게 무슨 소리야? 자세히 말해봐."

"나에게 제갈화린을 완전히 치료할 수 있는 방도가 있거 든. 그 대가로 상승절학급의 권법, 혹은 경신보법이나 검법을 두 가지 원해."

장호의 말이 끝나자 그녀는 두 눈을 크게 뜨고 장호를 바라 보았다. 그리고는 곧 눈이 가늘어지고 매서워졌다.

"그 말, 정확한 거겠지?"

"물론이지. 천년화리가 살고 있는 장소를 알아. 거기서 천 년화리를 잡아서 내단을 가져온다면 완치시켜 줄 수 있거든. 장소를 가르쳐 주는 것으로 상승절학 한 개. 완치시키는 걸로 상승절학 한 개. 그렇게 도합 두 개를 원해. 참고로… 나는 구 지신개 어르신과 안면이 있어. 서투른 생각은 하지 말라고 전 해주길 바라."

내 말에 제갈소여는 자리에서 벌떡 일어섰다.

"우리는 제갈세가야. 그런 말은 모욕이라는 거 알아?"

"글쎄?"

어깨를 으쓱이면서 장호는 대꾸해 주었다.

"소위 명문대파라는 자들에게 뒤통수를 어지간히 맞았어야지. 상승절학의 경우 출처가 확실하든가, 혹은 익혀도 아무 상관없는 그런 무공이어야 해. 제갈세가의 것이든, 다른 문파의 것이든. 알았지? 왜냐면 나중에 어디서 이 무공을 배워 익혔냐고 하면 제갈세가에서 배워 익혔다고 밝힐 거니까."

"좋아. 조건은 알겠어."

"그럼 긍정적으로 생각해 봐주고⋯⋯. 참, 한기 제거 치료법의 전수는 별도야. 이건 돈으로 금자 오십 냥을 받을 거니 그리 알고, 이번 치료의 치료비는 금자 열 냥."

"이번 치료비는 바로 줄게. 나머지는 본가의 어른들과 논의해야 하니까 시간을 줘."

"그거야 얼마든지."

장호의 말에 그녀는 고개를 끄덕이고는 바로 접객실을 나섰다.

필시 제갈세가의 본가에 있는 자들과 논의를 하기 위해서이리라.

第十一章

이사하자

현대가 도래하기 전에는
거주지를 옮긴다는 것이 큰 모험으로 취급되던 때였다.
거주지는 근거지이며,
삶을 연명하는 곳이었기 때문이다.
삶의 근원과도 같은 곳이기에,
그곳을 떠난다는 것은 쉽지 않은 선택이었다.

거주지 이전의 자유. 그러나, 그 현실 중에서.

의원귀환

제갈소여는 제갈화린의 상세가 나아지자 그녀를 데리고는 즉시 장호 의방을 떠났다.

제갈화린의 정신이 돌아왔지만, 장호는 제대로 대면하지 못한 채 헤어지고 말았다.

그리고 한 가지를 추측할 수 있었다.

그녀는 전생을 기억하지 못하고 있다.

만약 알았다면 스스로가 천년화리의 내단을 구해서 섭취했을 터이다.

그러지 않았다는 것은 그녀가 전생을 기억하지 못한다는

것이니 이러한 추측에는 신빙성이 있었다.

이는 장호에게 유리함을 제공할 것이다.

진무룡의 경우 천년화리의 내단 외에도 몇 가지 영약을 더 발견하여 섭취했던 것을 기억해 낸 것이다.

그걸 가로챈다면 어떨까?

"미안하긴 하다만……."

진무룡은 선검문의 전인이기도 하고 강호의 희망과도 같은 젊은 신진고수이기도 하였다. 그런 진무룡의 힘이 될 영약을 먼저 가로챈다는 것이 좋은 일일까?

미래가 어떻게 변할 것인지 장호는 아직 모른다.

장호는 고개를 흔들어 가볍게 생각을 흩어버렸다. 우선은 눈앞의 일부터 처리하는 것이 급선무다.

진무룡 외에도 영약이나 영물의 내단을 취했던 이들은 존재했었고, 그들에 대한 정보 중 몇 가지 정도는 장호도 알고 있었다.

영 껄끄럽다면 진무룡 외의 다른 사람이 먹을 것을 먼저 가로채면 될 것이 아니겠는가?

대충 기억을 해보자면 짐작되는 것이 세 개 있었다.

운남성의 독각룡.

광동성의 흑호.

청해성의 석린룡.

독각룡은 사천당가에서 잡은 것으로, 독의 정수를 가지고 있는 뿔 달린 뱀이었다. 길이가 무려 삼 장이나 되는 거대하고 무시무시한 놈인데, 독무를 뿜고 검기가 통하지 않는 비늘을 가졌다고 했다.

흑호는 대략 몇 년 후에 나타나는 영물로 사람을 잡아먹고 다니다가 황보세가의 사람에게 퇴치당했는데, 이 녀석의 가죽도 검기가 무용지물이었다고 한다.

크기가 무려 이 장에 달하는 거대한 호랑이로, 그 앞발에 맞으면 내가고수도 버티지 못한다고 하던가?

석린룡은 앞의 두 영물에 비하면 조금 낫다. 느리고 힘도 강하지 않기 때문이다. 다만 이놈의 이름이 석린인 것처럼 비늘이 돌보다 딱딱하고 두꺼워서 강기로도 제대로 타격을 주기 어려운 놈이었다.

즉, 외공의 고수와도 같은 놈이랄까?

석린룡은 십대고수 중 한 명이 잡았다고 알려져 있었고, 장호는 이 세 영물의 위치는 제대로 알고 있었다.

문제는 지금은 셋 다 그림의 떡이라는 점이다.

적어도 초절정고수가 되지 않는다면 이것들을 잡기가 난해하다. 초절정고수라고 할지라도 혼자서 잡을 수 있을지 정확히 가늠하기 어려운 놈들이기도 했다.

아니, 설사 화경에 들어선 절대경지의 강자들이라고 해도 쉽게 잡을 수가 없는 놈들이다.

게다가 시간도 촉박하다.

장호가 알기로 가장 먼저 잡히는 것이 바로 운남의 독각룡인데, 이놈은 대략 오 년 이후면 잡힐 것이 뻔했다.

오 년 안에 장호가 초절정고수가 될 수 있을까? 모르는 일이다.

게다가 위치를 대충 한다고는 하지만 정확한 위치를 아는 건 또 아니다.

찾기 위해서 적어도 일 년이 걸릴 수도 있는 일이었다.

게다가 여기 산서성에서 운남까지는 어마어마하게 멀다. 말을 타고 간다 할지라도 적어도 삼 개월은 걸리니, 보통의 거리가 아니었다.

왕복으로 치면 반년이 훌쩍 지날 수도 있는 곳.

그러니 쉽게 갈 수도 없다.

탐색에 일 년, 왕복으로 반년.

적어도 일 년 하고도 육 개월을 더 보내야 잡을 수 있다면, 장호는 앞으로 삼 년 안에 초절정고수가 되고, 초절정의 무위를 완전히 체화해야 한다는 결론이 나온다.

이는 몹시도 쉽지 않은 결정이다.

그래서 장호는 일단 운남성의 독각룡은 포기한 상태였으나, 광동성의 흑호는 노리고 있었다.

광동성은 그나마 운남성보다 왔다 갔다 하는 거리가 짧았고, 흑호의 위치는 제대로 알고 있기 때문이다.

다만 흑호의 출현 시기가 좀 늦긴 하다. 지금부터 무려 칠 년 후이기 때문이다.

"형, 있어?"

명진서의 객잔. 그 객잔의 뒤쪽 별채에는 숙수 염철이 기거한다.

별채라고는 하지만 호화롭게 만든 것은 아니다. 그냥 자그마한 집일 뿐.

그런 별채의 한쪽에는 장삼이 기거하는 방이 있었고, 장호는 지금 그 방문 앞에 서 있는 중이었다.

"어? 뭐야, 호냐?"

"어."

"무슨 일이야?"

벌컥.

문을 열고 장삼이 밖으로 나왔다. 장호는 그런 형을 보면서 한 손을 들어 보였다.

장호는 여기에 오기 전에 술병을 하나 챙겨 왔었다.

장호 자신은 그리 즐기지 않지만, 장삼은 어린 나이에 술을 배워 상당한 주당이었던 것.

"뭐야? 오늘 무슨 날이냐?"

"날은 아니고. 이야기 좀 하려는데 술이 있으면 좋을 것 같아서."

"그래? 그럼 먹으면서 이야기하지 뭐. 들어와."

끼익.

장호는 장삼이 기거하는 방 안으로 들어섰다.

장호가 점소이로 일할 적에는 집에서 왕복하여 출퇴근을 했기에 이 별채는 사실 거의 오지를 않았었다.

그래서 장호조차도 이 별채는 처음이었다.

방 안쪽은 단촐하고 깔끔했다.

침상이 하나, 그리고 탁자 하나에 의자가 둘, 옷을 걸어 두는 옷걸이에 옷장이 하나.

딱 이것뿐인 방이었던 것이다.

그리고 장삼의 물건도 몇 개 없었다. 옷장의 속옷이나 여름 혹은 가을 옷이 전부인 것.

여하튼 그런 단촐한 방에 들어간 장호는 장삼이 앉은 탁자의 맞은편에 앉았다.

탁.

"그래도 제법 좋은 술 사 왔어."

"네가 술맛을 알긴 하냐? 흐흐. 그래서, 이건 무슨 술인데?"

"금존청."

금존청. 확실히 고가의 술이다. 은자 한 냥은 주어야 마실 수 있는 술이니, 값이 보통이 아니라고 할 만했다.

"우와? 이거 어디서 구했는데?"

"저번에 치료한 환자가 주더라고."

"그 제갈세가인가 뭔가 하는 데?"

"응."

"흐! 그러면 맛있게 먹어야지."

장삼은 마개를 열고 잔에 술을 따랐다. 장호에게 먼저 잔을 주고 자신의 잔에도 술을 따랐다.

"그래, 우리 든든한 동생님이 무슨 일로 이렇게 술까지 들고 오셨어?"

"이사 문제 때문에. 진지하게 생각해 봤는데, 이사를 해야 할 것 같아서."

"그래?"

장삼은 그 말에 잔을 들어 올렸다. 그리고는 가만히 술잔을 내려다보다가 입안에 술을 털어 넣는다.

"캬아. 이거 좋은 술이구나."

"괜찮은 술이지?"

"그래, 정말 괜찮은 술이야."

장삼은 그렇게 말하고서 다시금 술을 따른다. 그리고는 다시 자신의 입에 들이부었다.

"크아, 좋다아."

장호는 그런 장삼의 모습을 그저 보기만 했다. 이윽고 장삼은 다시 입을 열었다.

"네 생각에는 태원에 가는 게 맞는 거 같다는 거지?"

"응."

"나 아직 염 숙수님께 요리 다 못 배웠다."

"괜찮아. 그쪽에도 배울 수 있는 사람은 많으니까. 돈이면 안 되는 게 없다 잖아?"

"제갈세가에서 많이 주디?"

"많이 줬지. 금자 오십 냥이나 주더라니까."

"뭐?"

장삼이 그 거대한 액수에 놀라서 두 눈을 부릅떴다.

금자 오십 냥이면 살인도 마다하지 않을 금액이었던 것이다.

거대세가 입장에서는 그리 큰돈이 아닐지도 모른다. 그러나 서민들 입장에서 금자 오십 냥이란 어마어마한 돈이었다.

"그리고 돈을 더 많이 벌 수 있는 방법도 많고."

의선문의 이름을 팔면 된다.

스승인 진서라면 그런 방식을 좋지 않게 생각했을 테지만, 장호는 그런 일 따위는 아무래도 좋았다.

게다가 돈을 많이 벌수록 의선문의 의기를 널리 실천할 수 있게 된다.

장호는 태원의 이사와 함께 어떤 계획도 함께 추진할 생각이었다.

이른바 의선문 재건 계획.

이 계획은 무림문파를 만들어 세력을 만들겠다는 그런 계획은 아니었다. 단지 스승의 유지를 위한 계획이었던 것.

계획의 절차는 이러했다.

의선문의 이름으로 부자들과 권력자들을 휘어잡아 돈을 번다.

그리고 그 돈으로 능력이 모자라거나 경영에 실패한 자들, 혹은 의원이 되고 싶어 하는 자들을 대량으로 고용하여 의선문의 이름 아래에서 하급 의원으로 편입시키는 것이다. 그리고 그들을 이용해서 돈 없는 이들을 거의 거저나 다름없는 가격으로 치료한다.

이게 바로 장호의 의선문 재건 계획이었다.

가난한 이들의 치료비와 의원들의 인건비를 제외한 이익금을 거의 보지 않는 형태로 운영하면 적어도 다른 의원들의 오분의 일 이하의 가격으로 사람들을 치료할 수 있다.

그와 함께 부호들을 위한 특별한 환약들이나 의료 행위를 통해 수익을 확보한다면 돈도 벌고 세력도 넓힐 수 있게 되는 것이다.

여하튼 장호는 태원에서의 계획을 그렇게까지 세워놓은 상태였다.

그리고 그것은 장삼을 위한 것이기도 하다.

전생의 장삼은 전염병으로 죽었었다.

그리고 그런 장삼이 가장 바랐던 것은 큰 세상에 나가보는 것이었었다.

세상을 보고 싶다. 자기가 하지 못했던 일을 하고 싶다. 그게 장삼의 바람이었다.

장호는 죽어가던 장삼의 그 마지막 말을 아직도 잊지 못한다.

나에게 힘이 있었다면, 나에게 능력이 있었다면!

그리고 지금은 능력이 있다.

"염 숙수님께 죄송한데……."

"이해해 주실 거야."

"그래, 그렇겠지. 하지만 내가 죄송해."

장삼은 그리 말하고 다시금 술을 마신다.

"그래, 떠나자. 이 마을에서 한 번도 나가본 적이 없었잖아?"

장삼의 말에 장호는 빙그레 미소를 지었다.

그 이후.

두 형제는 말없이 술을 나누어 마셨다. 달빛이 시리도록 밝았다.

＊　　＊　　＊

"하아. 후우."

이연, 이진.

둘 다 장호의 정식 제자가 되었고, 이제는 선천의선강기를 수련 중이다.

단지 선천의선강기만 수련하는 것이 아니었다.

장호의 교육에 의해서 유가밀문의 체법도 같이 수련 중이었다.

내공을 모으자마자 모두 연소시켜 몸을 만드는 데에 사용하는 것이다.

예전 장호가 그러했듯이 두 아이는 여러 가지 약물을 보조적으로 사용하여 빠르게 체질을 바꾸어 나가고 있었다.

둘 다 무재라고는 볼 수 없는 몸이었지만, 오성만은 뛰어나서인지 무공에 대한 이해력은 나날이 높아져 가고 있었다.

그 덕분일까?

이연과 이진은 장호가 공부하라고 명했던 약초서적을 모두 독파하였고, 모두 암기하는 경지에 이르렀다.

수백 가지의 약초를 기억하며 그 효능과 효과를 완전히 암기한 것이다.

덕분에 제약실에서 환약을 만들거나 탕약을 만드는 기술도 점차 능숙해졌다.

봄이 완전히 가고 여름이 훌쩍 다가올 때까지 이연과 이진은 점차 무공과 의술에 익숙해지면서 서서히 강호인의 기본을 배우는 중이었다.

"자자, 집중해라 집중. 밖의 일에 신경 끄고."

장호는 그런 이연과 이진의 앞에서 왔다 갔다 하면서 말을 하고 있는 중이었다.

진가의방의 건물은 손 장자의 집안에서 사들였다.

제값을 받고 팔았기 때문에 장호에게 손해는 없었다. 그 외의 여러 약재는 모두 차곡차곡 포장해 지금 밖에서 인부들이 마차에 싣고 있는 중이다.

금련표국의 표사와 쟁자수들이 호송하여 태원으로 향할 것이다. 이미 태원에도 다녀왔다.

태원에 세울 의방의 건물은 이미 구입한 상태로, 빈민가와 상가의 중간 지점에 자리를 잡아났다.

그쪽도 금련표국의 도움을 받아서 적당한 사람을 수배하여 건물을 수리하고 새 단장을 하는 중이었다.

그런 와중에 집중해서 내공 수련을 한다는 것은 어려운 일이다.

사실 다른 문파였으면 주화입마 걸리기 딱 좋은 일이었던
것.

그러나 선천의선강기는 이 정도 일로는 주화입마에 걸리
지 않는다.

다만 내공 수련의 효율이 떨어질 뿐.

그래서 장호가 호통을 치는 것이다.

언제 어느 때에도 정신 집중을 할 수 있어야 제대로 된 강
호인이기 때문이다.

눈앞에서 자기를 죽이려는 자들이 칼을 들고 설치는데 정
신이 흐트러져서야 말이 되겠는가?

마음이 흔들리면 그 결과 치명적인 상해를 입거나 죽을 수
도 있는 것이다.

"좋아. 오늘은 여기까지."

"수고하셨습니다."

"수고하셨습니다."

"씻고 너희 짐을 챙겨. 알았지?"

"예."

장호는 창고를 개조해 만든 연공실의 문을 열고 밖으로 나
왔다. 인부들이 바쁘게 짐을 나르고 있었다.

낡은 가구들은 다 버리고 갈 테지만, 의약 기구는 모두 챙

거야 했다.

게다가 솥단지만 해도 철 값이 상당히 나가니 가져가야 하는 물건이었다.

사실 이사를 위해서 금련표국에서 마차를 세 대나 대여했기 때문에 물건을 가져가지 못할 것은 또 없다.

그렇게 둘러보고 있자니 형이 대문을 열고 들어왔다.

"짐은 다 싸가냐?"

"어. 거진 다 쌌어. 형은?"

"나는 식칼만 챙기면 되지. 염 숙수님께 받은 거."

"오? 염 아저씨가 칼을 주셨다고?"

"그래."

"그거 의미심장한데."

"인마. 큰절하고 왔다."

"그래. 다음에 와서 찾아뵙자고."

"그래야지. 내가 반드시 태원 제일의 숙수가 되겠다고 소리치고 왔다는 거 아니냐."

"큰소리 많이 쳤네."

"그래. 그러니 잘해야지. 그렇지?"

"그래, 잘해야지."

장호는 둘째 형 장삼의 말에 맞장구를 쳤다.

잘해야 한다. 사람답게 살아야 한다. 그게 장호의 목적이기도 했다.

"그럼 슬슬 우리도 가자."

이삿짐은 모두 꾸려졌다. 장호와 장삼은 그렇게 마을을 떠났다.

第十二章

큰물이 넓긴 한데, 좀 더럽네

사람이 모이면 어디에나 범죄는 생겨난다.

누군가의 말

장호의 이사는 전격적이었지만, 그렇다고 딱히 무리가 되
는 것은 아니었다.

　　여름이 끝나기 전에 장호의 이사는 완전히 완료가 되었던
것.

　　이에는 장호의 가치를 알아본 금련표국의 도움이 있었다.
이로써 장호는 금련표국에게 빚을 하나 지게 된 셈이다.

　　이후에 이 빚을 적절히 갚아줄 때가 생길 것이고, 금련표국
과 장호는 제법 돈독한 사이가 되리라.

　　제갈세가의 금지옥엽인 제갈화린을 치료해 냈다는 점 하

나만으로도 장호는 다른 이들과 비교를 거부하는 의원임이
분명했기 때문에 더더욱 그러했다.

강호인 사이에서 가장 인기가 좋은 직업을 가진 사람이 누
구냐고 묻는다면, 전부 서슴없이 의원이라고 대답할 정도이
기 때문이다.

강한 강호인은 경쟁자이기도 하기에 경계 대상이지만, 솜
씨 좋은 의원은 무조건 친해지면 좋은 상대였다.

여하튼 장호는 금련표국의 도움으로 제법 넓은 장원을 얻
을 수 있었고, 선문의방이라는 간판을 내걸었다.

의선문 재건 계획을 위해서였다.

그러고 나서 장호는 고사를 지내기로 했다.

*   *   *

"태산태제 오악산군께 고하노니……."

특별히 초빙한 무당파에서 수행했다는 도사가 경문을 낭
송하는 것을 보며 장호는 속으로 이렇게 생각했다.

말 참 많네.

하지만 이런 일을 안 하는 것은 찜찜한 일이다. 풍수나 천
문을 보는 것은 중원인이라면 대부분이 신경 쓰는 일이지 않
던가?

가난한 이들이야 돈이 없어서 신경을 안 쓴다지만, 재산이 제법 있는 이들 중에서 이를 신경 안 쓰는 사람은 거의 없었다.

"주인은 여기에 와서 천지신명께 맹세를 하십시오."

늙은 도사의 말에 장호는 앞으로 나섰다. 좌중에는 이 지역의 명사라 할 만한 이가 제법 있었다.

금련표국의 국주 번청산, 개방의 산서성 지부장 흑개 구동, 진선표국의 국주 진마건.

이들 세 명만 해도 거물이라고 할 만했던 것이다.

게다가 이들과 함께 온 태원의 부호들이 함께하니, 선문의 방은 개업부터 주목을 받고 있는 셈이다.

사실 그럴 만도 했다.

장호가 제갈세가의 여식인 제갈화린의 오음절맥을 완화시키는 치료를 했다는 것이 이미 널리 퍼졌기 때문이다.

게다가 구지신개가 장호의 신분을 개방에 알렸기 때문에, 더더욱 의방을 만드는 것부터 이름을 알리게 되었다.

의선문.

소문이 자자한 바로 그 의가가 모습을 드러낸 것이 아닌가? 그 시작으로 제갈화린을 치료했다는 실적까지 있으니 모두 관심을 가지게 된 것이다.

"…고합니다."

짝짝짝짝!

장호가 절을 하고 축문을 외치자 좌중이 모두 박수를 쳐주고 환호를 해주었다.

그 이후에도 행사는 차분하게 진행되었고, 장호는 모든 행사가 끝이 난 이후에 잔치의 시작을 선언했다.

개방의 거지들이 한쪽에서 음식을 마구 먹어치웠고, 빈민가의 사람들도 모두 웃으면서 음식을 먹었다.

장호는 그들을 보면서 스승의 유언을 지키려면 앞으로도 갈 길이 멀다는 생각이 들었다.

그래도 현실성이 없는 계획은 아니었다.

"장 의원, 개업을 축하하네."

조청산이 가장 먼저 다가왔다. 그의 옆에는 말쑥한 차림의 다부진 체격의 중년인이 서 있었는데, 장호는 그가 금련표국의 국주인 번청산인 것을 잘 알고 있었다.

"와주서서 감사합니다, 조 대협. 그리고 번 국주님께도 감사드립니다."

장호는 포권을 하며 조청산에게 공손히 답하였고, 조청산은 그런 장호의 모습에 하하! 하고 웃으며 번청산을 소개했다.

"이미 알고 있다니 다행이군. 국주님, 이 사람이 바로 제가 말씀드린 의선문의 장 의원입니다. 나이는 어리나 의선문의 진전을 모두 이어받은 뛰어난 명의지요."

"만나서 반갑소, 장 의원. 금련표국의 번청산이라고 하오."

"말씀 놓으시지요. 제가 아직 어려 감당하기 어렵습니다."

"그래도 괜찮겠는가?"

"예."

"허허. 여기 조 조장 말대로 호방하군."

"과찬이십니다."

장호의 말에 번청산은 빙그레 미소를 지어 보인다.

"개업을 축하하네. 과거 본 표국의 식구들을 도와준 것도 감사하는 바일세."

"별말씀을. 의원으로서 당연한 일이었을 뿐입니다."

"그 당연한 일을 무시하고 외면하는 이가 참 적지 않다는 것을 혹 알고 있나? 나는 은혜와 원한을 반드시 갚지. 앞으로도 무언가 도움이 필요하면 본 표국을 찾아주게."

"염치없지만 거절할 수가 없군요."

"후후. 거절까지야 할게 무어 있겠는가? 그럼, 앞으로도 종종 보세나."

그는 장호의 어깨를 툭툭 치고는 몸을 돌렸다. 그 외에도 여러 거물이 있기에 시간을 많이 빼앗을 수가 없었던 탓이다.

장호는 그런 그에게서 시선을 돌렸다.

산서성의 지부장인 흑개 구동이 다가오고 있었던 탓이다.

사람이 참 많이도 왔군.

장호는 그리 생각하면서 구동에게도 포권지례를 해 보였다.

"개방에서 와주셔서 감사드립니다."

"하하! 우리가 고맙지. 소형제는 그리 과례를 할 필요가 없네. 이미 방주님께도 이야기를 좀 들었거든."

흑개 구동은 개방의 중견 고수 중 하나이고, 산서성의 지부장을 맡을 정도로 제법 고강한 무공을 지닌 이였다.

초절정의 경지에 들어선 지 꽤 오래된 이로, 비록 화경에 이르지는 못했으나 초절정의 무인 중에서는 상위권의 실력자였다.

그의 별호가 흑개인 것은 얼굴 피부가 검기 때문으로, 독공을 익히고 있는 인물이라 그 독성으로 얼굴의 피부만 검게 변한 것이었다.

때문에 다들 그를 흑개라 부른다.

그의 독공은 사천당가의 것만큼 지독하다고는 할 수 없으나 충분히 요주의 대상이었다.

"진선표국을 구해준 것이 자네라니?"

"부인하지 않겠습니다."

"그래그래, 의기는 중요하지. 본 방의 단 하나의 방칙이 바로 의기천추 아니던가? 앞으로 잘 지내보세나."

"잘 부탁드리겠습니다."

그렇게 흑개 구동은 고개를 끄덕이며 웃고는 멀어져 갔다. 장호는 그런 흑개 구동을 잠시 바라보다 다음 손님을 향해 고개를 돌렸다.

진선표국주 진마건이 성큼 다가와 있었다. 그는 팔척장신에 대단히 크고 두터운 근육을 가진 사람이었다.

전설 속의 장비와 여포가 이러할까?

그런 거한인 진마건은 듣기로 흑철신괴공이라는 상승절학급의 외공을 익혔다고 들었다.

진선표국은 금련표국처럼 제대로 된 수련 과정이나, 표사들에게 일괄 지급하는 무공이 없다.

그렇기에 체계면이나 규모면에서는 금련표국보다 못하나 표국주인 진마건은 저 번청산과 거의 비등한 강함을 가진 무인이라고 했다.

그리고 그것은 맞는 말이다.

진마건은 태생이 용력을 가지고 태어난 거인이고, 그 거대한 몸을 더 확실하게 살릴 수 있는 무공인 흑철신괴공을 익혔다.

그 거대한 몸에서 나오는 괴력으로 적을 후려치면 내공을 섞지 않아도 단번에 뼈를 부러뜨리고 내장육부를 으스러뜨리는 것이다.

그런 괴력의 육체에 도검이 불침하는 흑철신괴공을 익혔으니 얼마나 강하겠는가?

게다가 초절정의 경지라는 것은 의지로 기를 제어하는 경지이다.

그는 격공장이나 권풍을 사용하지는 못하는 대신에 몸에 기를 두르는 데에는 어마어마한 능력을 지녔고, 실제로 초절정고수의 검사도 그의 육체에 제대로 된 상처를 주기 어렵다고 했다.

그러하니 그를 강하다고 말하는 것이다.

"자네가 본 표국의 식구들을 구했다고 들었네."

그는 다가오자마자 장호를 내려다보면서 중후한 음성으로 말을 시작했다.

번청산과 다르게 그는 처음부터 말을 놓았다.

그러나 그 목소리에는 장호를 무시한다거나 하는 기색은 전혀 없었다.

"피의 은혜는 피로 갚는 법. 자네는 이미 나와 한 식구나 다름이 없으니. 나를 배반하지 않는다면 내 피를 바쳐 자네를 도울 것일세."

장호가 무어라 대답하거나 인사를 하기도 전에 그는 자신의 말을 쏟아냈다. 그리고는 갑자기 솥뚜껑만 한 두 손을 들어 장호의 두 어깨를 잡아왔다.

덥썩.

"고맙네. 그들을 살게 해주어서… 정말 고맙네."

거한의 두 눈에 흐르는 진중함에 장호는 진선표국주가 이런 사람이었던가? 하는 생각을 하며 그의 뜨거운 눈을 직시했다.

과거에는 결코 몰랐었던 모습이다. 아니, 애초에 신경도 쓰지 않았었다.

"별말씀을. 의원으로서의 일을 했을 뿐입니다."

"아니. 어느 의원도 그리 해주지는 않아. 다음 주까지 한번 찾아오게나. 이것은 빈말이 아닐세. 꼭 찾아와 주게. 아니면 내가 직접 찾아오겠네."

"제가 찾아뵙겠습니다."

"잘 부탁하네."

그는 그제야 어깨에서 손을 놓았다. 그리고는 물러갔다. 장호는 진마건의 뒷모습을 물끄러미 바라보았다.

번청산, 구동, 진마건.

이 산서성의 강호에서 가장 거물이라고 할 만한 세 명을 차례로 만난 셈이다.

그리고 뒤이어 이 태원의 유지들이 하나둘 다가왔다.

장호는 웃으며 그들을 맞이했다.

개업을 한 지 며칠이 지났다. 장호에 대한 소문이 났는지 장호에게 진료를 받고자 하는 부호가 제법 있었다.

그들은 부호답게 직접 오지도 않고 장호에게 오라고 했다.

장호는 그런 부호들의 생태를 알고 있었기 때문에 쓰게 웃을 뿐 화를 내지는 않았다.

의방이 개업했으나 빈민가와 인접한 탓에 일반 환자들이 잘 오지 않았기에 가능한 일이기도 했다.

그렇다고 빈민가의 환자들이 온 것도 아니었으니 손님이 적을 수밖에.

장호는 남는 시간에 스스로 무공을 수련하고 부호들에게 팔아치울 환단을 만들 생각을 하면서 시간을 보내었다.

당연하지만 이제 제자로 삼은 이연과 이진을 수련시키는 것도 잊지 않았다.

그리고 장삼은 진선표국주의 도움으로 태원에서도 열 손가락 안에 들어가는 숙수의 도제로 들어갈 수 있었다.

때문에 오늘도 장호는 한 부호의 왕진을 다녀오는 중이었다.

태원에서 제법 큰 장사를 했다는 도원인이라는 부호를 진료하였는데, 시간이 늦어 해가 다 지고 어두운 밤이 돼서야 집으로 향하게 된 것이다.

"역시 왕진은 시간 대비 효율이 영……."

장호는 집으로 걸음을 옮기며 투덜거리고 있었다. 물론 부호들에게 왕진을 가면 일반인 백 명을 진료하고 치료한 것보다 돈을 많이 번다.

하지만 진정으로 떼돈을 벌려면 이래서는 안 된다. 부호들에게 돈을 울궈내려면 역시 전생에도 그랬지만 끝내주는 환약을 팔아야 했다.

바로 정력제!

예나 지금이나 남자들은 그저 자존심 하나로 산다. 오래가고 힘이 좋아지는 정력제의 존재는 고개 숙인 남성들에게는 필수였다.

전생에서도 이걸 팔아서 돈을 챙겼다. 그러나 전생에 만들었던 것은 그렇게까지 좋다고 보기는 힘들었다.

물론 효과가 없던 것은 아니지만.

최근에는 과거보다 더 효과가 좋은 환단을 제작하려고 궁리 중이었고, 그것은 지금도 마찬가지다.

몇 가지 약초를 배합하고 특별한 비법을 쓴다면…….

"음. 몇 가지 실험을 해보고 연단술을 써야겠지?"

중얼중얼거리면서 걷던 장호는 응? 하는 소리와 함께 멈추어 섰다.

"어이, 나와."

빈민가의 한 허름한 골목.

사람의 소리가 하나도 없는 곳에 서 있는 장호가 주변을 향해 말했다.

그러자 사방에서 우르르! 하고 험악한 인상의 사내들이 쏟아져 나왔다. 그 수는 열둘으로, 모두 반월형으로 휘어진 두툼한 크기의 귀두도를 들고 있었다.

"오, 귀두도."

저게 얼마더라?

금속은 비싸다. 같은 부피라면 은이 철보다 비싼 것이 당연하지만, 그 철의 무게가 많이 나간다면?

당연히 짭짤해진다.

그런 장호의 태도에 나타난 사내들은 어이없다는 표정을 지어 보였다.

"어이, 의원 애송이. 지금 상황이 이해가 안 되나 본데. 좋은 말할 때 돈 내놔. 어디 한 군데 부러지기 전에."

사내 중 하나가 나서서 말을 걸어왔다.

흉흉한 표정도 표정이지만, 얼굴의 외양이 사람 하나는 슥삭 하고 해치울 그런 면상이었다.

이야, 저렇게도 생길 수가 있구나?

그렇게 생각하며 신기해하던 장호는 의방에 있는 이연과 이진을 떠올렸다.

빨리 돌아가서 아이들하고 밥을 먹어야 했다.

"너희야말로 좋은 말로 할 때 그 귀두도를 두고 돌아가라. 안 그러면 어디 한 군데 부러지게 될 거야."

"뭐?"

벙찐 표정을 하고 있는 사내들.

그런 그들을 보며 장호는 혀를 찼다.

이런 어린 외모로는 어차피 증거를 보여주기 전에는 말을 들어먹지 않을 거다.

아니, 증거를 보여줘도 덤벼들겠지.

그리고 장호는 한 번 덤벼든 불한당을 살려둔 적이 없었다. 손속이 과하다고 이야기할 만한 거리도 안 되는 일이다.

강호에서는 그런 일이 비일비재하니까.

그래도 여기서는 살인을 하지는 않기로 했다. 보통 사악한 이들이라면 이렇게 말도 할 거 없이 죽이고서 돈을 챙겨가는 것이 보통이니까.

강호의 악당쯤 되면 살인이야 간식거리밖에는 안 된다.

그런데 이들은 살인을 할 생각은 없어 보이니 적당히 어루만져 주기만 해도 될 것이다.

"이 싹수가 노란 새끼… 커억!"

앞에 나서서 말하던 사내가 비명과 함께 쓰러졌다. 장호가 다가와서는 턱을 후려친 탓이었다. 그는 균형을 잡지 못하고 쓰러진 것이다.

사내는 시야가 핑 도는 것을 느꼈다. 턱에 제대로 공격이 들어갔기 때문이다.

그렇게 사내가 허우적거리는 사이에 장호는 귀두도를 집어 들었다.

땅!

"질은 별로네. 큰 값은 못 받으려나."

"뭐. 뭐야!"

"가, 강호인이다!"

"씨팍! 쳐! 놈은 한 명이야!"

와아아아아! 소리와 함께 사방에서 귀두도를 든 자들이 달려든다.

그런데 가만히 보니 귀두도는 다섯 자루뿐이고, 다른 이들이 든 것은 몽둥이였다.

돈이 없어서 귀두도도 겨우 다섯 다루밖에 없는 건가?

생활형 건달패 같은 놈들이구먼.

장호는 고개를 흔들고는 달려오는 이들을 맞이하여 손을 들어주었다.

뻐억!

"한 놈."

퍼억!

"두시기."

우득!

"석 삼."

펑!

"너구리."

뿌득!

"오징어."

장호가 딴 나라에서나 쓸 법한 말을 하면서 일격에 한 명씩 쓰러뜨리자, 결국 다섯 번째 사람 이후로는 아무도 덤벼들지 않았다.

이미 귀두도를 든 사람은 모두 쓰러진 상태.

"어이, 덤빌 거야?"

"도, 도망가!"

그들은 그대로 번개처럼 도망을 쳤다.

"쯧쯧, 의리 없는 것들."

장호는 그들을 보면서 혀를 찼다. 그리고는 귀두도를 챙겼다.

이런 걸 두고 번외 수입이라고 하던가?

그나마 이 불한당들의 뼈를 부러뜨린 것은 아니니 먹고사는 데 지장은 없을 터였다.

머칠간은 근육이 쑤시겠지만 이 정도면 양호하지 않겠는
가?

장호는 그렇게 귀두도를 챙겨 들고서 집으로 향했다.

第十三章

누가 나보고 성질이 더럽대?

사람은 다른 사람의 평가를
신경 쓰게 마련이다.

사회학

"호."

"왜, 형?"

"너 손이 거칠다고 소문났더라."

"뭐?"

장호와 장삼은 적어도 삼사 일에 한 번 정도는 만나서 같이
식사를 하고는 한다. 주로 식사는 장삼이 일하고 있는 객잔에
서 하는데, 두 형제 외에도 장호의 제자인 이연과 이진도 같
이 먹었다.

지금도 그런 자리다.

장호, 장삼, 이연, 이진.

멀리서 보면 형제자매처럼 보이는 네 명이 도란도란 앉아서 맛있는 유명 요리들을 먹는 것이다.

장삼이 새로운 스승으로 삼은 사람은 면 요리의 달인이라고 알려진 유련방이라는 노인인데, 과거 진선표국의 국주 진마건에게 은혜를 몇 번 입었다고 한다.

과거 장호가 도삭면을 먹은 바로 그 객잔의 주인이며 숙수로서, 진마건의 특별한 부탁을 받고 장삼을 제자로 받아주었다.

"여럿 패고 다닌다며?"

"내가 패긴 뭘 패? 시비를 걸어 와서 응수해 준 거뿐이야."

"조심해. 금련표국과 관련 있기는 해도 칼 맞는 수가 있어."

"형이야말로 조심해. 최근에도 무공수련은 하고 있는 거지?"

"하고 있어. 그거 하면 할수록 몸이 가벼워지니까."

장삼은 시간이 없어서 장일처럼 선천의선강기를 수련하지 못하고 계속 원접신공만 수련 중에 있었다.

그래도 하루에 한 시진 정도는 꼬박꼬박 내공 수련을 하기 때문에, 그 체력과 근력은 일반인을 능가한 지 오래였다.

어지간한 주먹패도 장삼을 이기기 어려울 정도다.

다만 무공초식을 제대로 익힌 바가 없어서 강호인과 겨룰 정도는 안 된다.

내공이 제법 있다지만 그것만 가지고는 싸움이 안 되는 것이다.

그저 주먹을 쓰는 것과 전문적으로 무공을 수련한 자가 같겠는가?

아무리 삼류 무인이라고 해도 일반인과는 그 격차가 있는 법이다.

"여하튼… 요새 자꾸 시비를 걸긴 하더라고."

"누가?"

"암귀방이라던가?"

암귀방.

이 태원에 있는 세 흑도 문파 중의 하나다. 그 세력은 사실 금련표국이나 진선표국에 비하면 그리 대단하다고 할 수 없는 수준의 문파들이다.

암귀방도 그랬다.

방도라고는 해도 그 수가 겨우 오십여 명 정도이고, 그중에서 가장 강한 방주가 그나마 일류 수준인 정도였다.

한마디로 허접한 방파다.

하지만 허접하다 해도 일반인들에게는 대단히 위협적인 것이 사실이다.

그리고 그들은 영리하게도 절대로 금련표국이나 진선표국의 일에는 나서지 않았다. 잘못하다가는 씨몰살 당할 수도 있기 때문이다.

그들이 최근 장호에게 시비를 거는 것은 장호가 돈을 꽤 벌고 있기 때문으로, 비록 장호가 금련표국과 친해 보이지만 그리 깊은 관계는 아니라고 생각한 탓이다.

사실 맞는 말이긴 했다.

금련표국이 먼저 나서서 장호를 보호해 줄 정도로 서로가 돈독한 사이는 아니었으니까.

진선표국의 경우에는 이야기가 조금 다르긴 했다.

이 이야기가 진선표국 귀에 들어가는 날이 바로 암귀방의 제삿날이 될 것이다.

그러나 아직 그들은 모르고 있었고 장호도 그들에게 알릴 생각이 없었다.

"그거 위험한 거 아니냐?"

"그렇지 않아도 조금 귀찮아서… 정리하려고."

"어떻게?"

"도움을 청하면 되지. 진선표국이 도와줄 거야."

말은 이렇게 하지만 진선표국에 말할 생각은 조금도 없는 장호였다.

"그래? 그렇다면 다행이네."

안심하는 표정의 장삼, 그렇게 그날의 식사는 끝이 났다.

＊　　＊　　＊

"이쪽 맞아?"

"예, 스승님."

"흠. 이놈들은 뭐 먹을 게 있다고 나를 귀찮게 하는지 모르겠어."

"스승님께서 돈을 많이 벌고 계시잖아요."

"그래서 그렇지? 하지만 그간 좀 두드려 팼으니까 말을 알아들을 줄 알았지. 이래서 무식한 것들은 안 된다니까. 너희는 그러면 안 돼. 알았지?"

"예, 스승님."

이연, 이진, 그리고 장호.

이렇게 세 명은 제법 커 보이는 장원에 느긋하게 도착했다.

암귀방의 본진.

대문에 내걸린 현판에더 암귀방이라고 쓰여 있으니 확실한 곳이었다.

"말세야. 흑도방파가 대문을 떡하니 내걸고 장사를 하니 원."

관리라는 놈들이 뇌물만 처먹고 하는 것은 없으니 이럴 수밖에.

장호는 그렇게 투덜거리고는 아무도 지키고 있지 않는, 그리고 활짝 열려져 있는 암귀방의 대문 안으로 발걸음을 옮겼다.

"귀 막아."

슥슥.

이연과 이진이 솜으로 귀를 막았다. 그리고 그 위로 손을 덮자 장호는 숨을 크게 들이쉬었다.

"암귀방주 썩 나오지 못할까!"

쩌렁! 쩌렁!

장호의 목소리에 내공이 실려, 그 소리가 넓게 퍼져 나간다. 그 음파에 섞인 힘 때문에 주변의 물건이 드드드! 소리를 내면서 흔들렸다.

이연과 이진도 그 소리에 흔들릴 정도니 말해서 무엇을 할까?

그런데 사람이 나오지를 않는다.

장호가 잠시 생각하다가 옆의 대문을 향해 발길질을 했다.

쾅!

대문이 단번에 산산조각 나고, 그렇게 허공으로 비산하는 조각들을 향해 다시금 발을 휘둘렀다.

우지끈!

대문에 걸린 현판이 세 조각이 나며 부서져 내렸다.

"네놈들 간판을 부쉈는데도 안 나올 테냐! 이 새끼들 완전히 겁쟁이 아닌가! 너희 같은 놈들이 양민의 피를 빨다니, 참 가소롭다!"

장호의 외침이 쩌렁쩌렁 울린다. 암귀방의 인근에 있던 건물의 사람들이 나와서 볼 정도다.

이 정도로 모욕을 가했는데도 나오지 않는다면 암귀방은 오늘로 문을 닫아야 한다.

강호라는 곳은 흑도라고 해도 자존심 하나로 먹고 산다. 자존심과 명예가 땅에 떨어진 문파는 제대로 존속할 수 없을 정도였다.

이유는 다른 문파가 그들을 얕보고 덤벼들기 때문이다.

그렇게 많은 이가 덤벼들면 당연히 거꾸러지고, 사라지게 되는 것이다.

암귀방이라고 해도 다를 게 없다.

여기서 장호에게 제대로 대응하지 못한다면 다른 흑도가 암귀방을 공격해 암귀방이 가진 이권을 빼앗아갈 것이 뻔했다.

그런데도 나오지 않는다.

아는 것이다.

이렇게 사물을 흔들리게 할 정도의 소리를 지르는 자가 진짜 고수라는 것을 말이다.

'젠장, 저거 선문의방의 그 의원새끼 아냐?'

'저 새끼가 이렇게 고수였어?'

'그러니까 고수라고 말했잖습니까, 형님!'

'시불! 누가 저놈 털자고 했냐?'

'형님이십니다.'

'닥쳐, 새꺄!'

안쪽에서 두런두런 소곤거리는 소리가 장호의 예민한 청력에 들려왔다. 장호는 그 소리에 피식 웃고는 안으로 성큼 들어갔다.

"여기는 아무도 없냐? 암귀방 이 새끼들 전부 허접이구만!"

쩌렁! 쩌렁!

"앞으로 내 눈에 띄면 전부 죽을 줄 알아, 새끼들아! 알았냐!"

장호는 그렇게 말하고서 벽으로 걸어가 그대로 걸어찼다.

콰쾅!

내력을 실은 발길질에 벽이 단번에 부서져 내렸고, 장호는 그 잔해를 몇 개 들어서는 암귀방의 전각 기둥에 대고 던졌다.

투격공이 발휘되자 기둥이 단번에 부러지며 지붕이 흔들

거리기 시작하는 것이 아닌가?

그렇게 몇 번 다른 기둥도 부러뜨리자, 결국 지붕 일부가 우르르릉! 소리를 내며 주저앉았다.

"하하하하하! 자라 새끼들아 잘 있어라! 하하하하하!"

장호는 그렇게 내공이 섞인 웃음을 터뜨리고는 천천히 장내를 벗어나려고 했다.

그 순간이다.

쾅! 소리를 내면서 잔해를 헤치고서 제법 덩치가 큰 거한이 한 명 나타났다.

"시불! 내 도저히 못 참겠다! 어린 아새끼가 어디서 지랄이야!"

암귀방주 도어수.

강호에서 일류 수준으로 평가받는 진력도법이라는 도법을 어디서 익혀 배웠고, 진금심공이라는 일류 수준의 내공심법을 익힌 작자였다.

그러나 내공 수련이나 도법 수련 전부 설렁설렁해서 그리 경지는 높지 않았다. 내공도 겨우 십 년 치를 가지고 있는 것이 다이긴 해도 싸우는 데 주저함이 없고 흉폭하여 그럭저럭 일류 무인 수준은 되는 자이기도 했다.

그가 도저히 참지 못하고 나선 것.

그러나 장호로서는 코웃음이 나올 상황이었다.

"당신이 암귀방주?"

"그래, 이 씨불 것아! 네놈은 의원 나부랭이지?"

"맞아. 당신이 자꾸 귀찮게 하니까 내가 이렇게 찾아올 수밖에 없잖아."

"이 머리에 피도 안 마른 새끼가!"

갑작스러운 기습!

매섭게 도를 휘둘러 오는 암귀방주의 모습에 이연과 이진은 둘 다 놀라서 표정이 바뀌었지만, 장호는 흥! 하고 콧방귀만 뀔 뿐이었다.

떠엉!

얼굴을 향해 내리그어지던 두툼한 도가 떠엉! 하는 소리와 함께 옆으로 튕겨져 나갔다. 궤도를 이탈해 땅에 도가 처박히는 것은 순식간이었고, 도어수의 얼굴과 상체는 완전히 비어버렸다.

"허술하잖아."

뻐억!

말이 끝나자마자 장호의 손이 도어수의 턱을 후려쳤다. 그러자 도어수의 턱에서 큰 소리가 나며 그 큰 덩치가 옆으로 날아가 그대로 풀썩 떨어졌다.

"당신 말이야, 약하면 찍소리도 하지 말고 살든가, 덤벼들었으면 목숨을 걸든가 했어야지. 응? 안 그래?"

장호는 혼절한 암귀방주를 보면서 혀를 쯧쯧 찼다.

이런 작자가 지금까지 숱한 사람의 고혈을 빨아먹었다고 생각하면 왠지 혐오감만 늘어날 뿐이었다.

퍼억!

"크헉!"

혼절한 암귀방주가 피를 토하며 소리를 낸다. 장호가 그의 단전을 파괴한 것이다.

죽지는 않겠지만 십 년간 모은 내공이 흔적도 없이 사라진 셈이다.

그리고 단전이 없으니 정상적인 방법으로는 무공을 익힐 수도 없었다.

"자, 돌아가자."

장호는 이연과 이진을 데리고 장내를 벗어났다. 그리고 암귀방주가 패해 내공을 잃었다는 소문이 쫘악 퍼지게 된다.

＊　　　　＊　　　　＊

선문의방의 의원 장호.

그가 초절정의 경지에 이른 진짜배기 고수라더라!

일수에 암귀방의 장원을 폐허로 만들었다더라!

그가 소리를 지르자 암귀방의 무뢰배들이 모두 자지러지

며 혼절하더라!

이런 소문이 태원 전체에 짜하게 퍼졌다.

그리고 실제로 그날 부로 암귀방은 해체되고 말았다. 다른 두 흑도방파가 암귀방을 습격하여 처치하고 이권을 차지했기 때문이었다.

물론 그러는 과정에서 피를 꽤나 흘렸자만, 사기가 바닥을 친 암귀방은 다른 두 문파의 협공을 당해내지 못하고 말았다.

그리고 그들 다른 두 흑도 문파 혈검파와 철도문은 암묵적으로 선문의원의 일에는 관여하지 않기로 결정을 내렸다.

괜히 건드렸다가 초절정고수인 장호의 분노를 샀다가는 암귀방 꼴이 날 수 있기 때문을 알았던 것이다.

그리고 뒷골목의 사람들은 장호를 생사판이라고 부르기 시작했다. 죽음과 삶이 장호의 판단에 달려 있다는 뜻이었다.

장호는 그러한 세간의 평가는 전혀 신경 쓰지 않았다. 어차피 그런 건 아무래도 좋은 일이었으니까.

"좋았어. 이 기회를 이용한다."

장호는 도리어 이번 일을 이용하기로 결정했다.

그리고 암귀방을 정리하고 나서 며칠이 지난 어느 으슥한 밤, 태원의 어느 곳으로 향했다.

"대인, 어서 오십시오! 그렇지 않아도 연화가 기다리고 있었습니다."

"험험, 어서 안내하게."

"네이!"

"어머, 장 대인. 어서 오시와요. 소녀 기다렸사옵니다."

"대협! 여기 술이 아주 맛있사와요. 저랑 한잔 어때요?"

밤의 홍등가.

태원은 산서성의 성도이니만큼 거대한 도시였고, 당연하지만 홍등가의 규모도 대단히 크다고 할 수 있었다.

그리고 이 홍등가는 대부분 흑도방파들의 것이었다.

다만 태원의 홍등가 전체 중에서 육 할만이 이 지역 흑도문파의 것이었고, 나머지 사 할은 외부 문파의 것이었다.

바로 하오문이다.

하오문은 주로 정보를 사고파는 조직이라고 알기 십상이지만, 사실 그 외의 일도 다양하게 한다.

주로 하는 것은 고만고만한 흑도문파들을 누르고 그 지역의 이권을 차지하는 일.

홍등가나 도박장, 그리고 고리대금업 같은 부분에 깊이 관여한 문파가 바로 하오문이다.

하오문은 개방처럼 그 세력이 크고 넓다. 다만 고수의 수가 부족한 것 데다가 하오문주라고 해서 강력한 통치력을 가진 것은 아니라는 점이 개방과는 다른 점이다.

그래도 대문파의 반열에 들어가는 문파이니만큼, 이 태원에서는 막강한 영향력을 발휘했다.

실제로 태원에는 강서성 지부장이 자리하고 있는데다가, 이 강서성 지부장의 무위는 초절정으로 알려져 있었다.

장호는 바로 그런 하오문에 온 것이다.

그것은 장호가 이번 일을 기회로 삼기 위한 작업을 하기 위해서였다.

홍등가의 한쪽으로 향한 장호는 고개를 이리저리 돌리며 구경을 했다. 하오문이 여기에 있는 것은 알지만 어느 기루가 하오문과 연계가 되어 있는지는 모르는 까닭이다.

그래도 다 방법이 있긴 했다.

가게 중 하나에서 소란을 피우면 하오문과 연결해 줄 것이 뻔하지 않은가?

이 동네 전체가 흑도문파들의 관할이니 서로 얽히고설켜서 알고 지낼 수밖에 없다.

장호는 우선 적당히 장사가 잘되는 큰 기루 중 하나를 골랐다.

겉으로만 보아도 육 층 전각에 제법 으리으리해 보이는 기루를 고르고, 그 정문으로 향한 것이다.

사람들이 수시로 드나드는 입구에는 손님을 맞이하는 점소이와 소란을 방지하기 위한 고용 무사들이 서 있었다.

"어서 옵쇼! 귀공자님께서 오셨군요! 저희 월영루에 잘 오셨습니다. 혹 처음이십니까?"

장호보다 나이가 두 살은 많아 보이는 사내가 장호에게 굽신거리면서 말해왔다.

"처음일세. 혼자 놀려고 하는데 사람이 있나 모르겠군. 돈은 넉넉하니 일단 고급스러운 방 하나 내어주게."

장호가 슬쩍 전낭을 보여주자 점소이는 어이쿠! 하면서 오체투지라도 할 기세로 장호를 맞이했다.

"방도 있고 사람도 있습죠! 자자, 이쪽입니다. 쇤네가 뫼시지요."

"흠, 잘 부탁하네."

장호의 말에 사내는 장호를 이끌고 안으로 들어섰다.

화려하게 치장된 계단을 지나, 장호는 단번에 사 층까지 올라갈 수 있었다.

이쪽이야말로 어느 정도 자금이 있는 이들만 들어올 수 있는 구역이었다.

오 층부터는 태원에서도 내로라고 하는 부호들만 들어갈 수 있고, 육 층은 그런 이들 중에서도 지극히 영향력 있는 사람들만 들어갈 수 있었다.

실제로 육 층은 거의 쓰이지 않는다.

장호는 크기만 보고 골랐지만, 사실 제대로 골랐다고 할 수 있었다. 바로 여기가 하오문의 산서성 지부의 근거지이기 때문이었다.

물론 아직 장호는 이 사실을 몰랐다.

우선 방으로 안내된 장호는 방이 화려하게 꾸며진 것을 보고 고개를 끄덕였다.

오늘 제법 돈을 쓸 각오를 하고 왔으니, 이 정도는 아무래도 좋았다.

"일단 술상을 봐 오고. 청기만 한 명 들여보내 주게. 솜씨가 좋은 아이여야 할 것이야."

"청기는 침상까지 봐드리지 않습니다만……."

"알고 있으니 걱정 마시게. 이건 수고한 값이야. 그리고……."

장호는 은자를 하나 꺼내어 던졌다. 그리고 다시금 은자를 하나 더 꺼내었다.

"혹 내 심부름을 할 수 있겠는가?"

"어이쿠! 말씀만 하십쇼."

"이 근방에 하오문의 지부가 있다고 하는데, 제대로 위치를 알아야지. 그들에게 의뢰할 일이 있어서 찾는 것인즉, 그쪽에서 사람을 좀 보내달라고 하게."

장호의 말에 점소이가 슬쩍 손을 내밀었고, 그는 웃으며 점소이에게 두 번째 은자를 주었다.

"쉰네가 철저하게 일을 처리하겠습니다요."

"잘 부탁하네. 나는 선문의방의 장호라고 하니, 내 이름을 전하면 될 게야."

장호의 자연스러운 대답에 점소이는 고개를 넙죽 숙이고는 나갔다.

그렇게 그가 나가고 혼자 앉은 장호는 조용히 주변 소리를 들어보았다.

방음 장치가 제대로 되어 있는 듯 장호조차도 다른 방의 소리를 들을 수가 없었다. 내공을 사용하여 청력을 더 높이면 들을 수도 있겠지만, 굳이 그러지는 않았다.

그래서 장호는 기본적으로 차려져 있는 술과 간단한 고기 안주를 몇 개 집어 먹었다.

"맛이 제법인데?"

장호는 육편을 우물거리면서 맛에 감탄했다. 이 정도면 꽤 솜씨 좋은 숙수를 썼을 것은 불문가지.

제법 잘 들어온 듯싶었다.

그렇게 장호가 잠시 기다리는 사이에 월영루 내부는 바쁘게 돌아가고 있었다.

第十四章

소문 좀 내주오

인식이라는 것은 일종의 정보다.
거짓된 정보이든, 혹은 진실된 정보이든지 간에
이 인식이 한 번 생기면 없애는 것이 쉽지 않다.
그것은 사람의 본성과 관련이 있기 때문이다.
예를 들어 어떤 사람이 거짓된 정보를 먼저 얻고
그것을 맹신하게 되었다고 하자.
그 사람에게 그것이 거짓이라고 말해도,
그는 결코 그것을 바꾸려 하지 않을 것이다.
사람은 자신이 틀렸다는 것을 인정하지 않으려는
본성이 있기 때문이다.

정보전. 그 내용 중에서

"소녀 예홍이라 하옵니다."

장호는 묘한 눈으로 청기라고 스스로를 소개하며 들어온 여인을 바라보았다.

감아 올린 검은 머리는 비단처럼 고와서 빛이 반짝일 정도였고, 얼굴에는 분을 거의 바르지 않았음에도 뽀얗고 희어서 마치 달을 보는 것 같았다.

게다가 그 치아는 하얗고 고르게 자라 있었고, 입술은 앵두를 보는 듯 붉었다.

여이빙에 버금갈 정도의 미모에 장호도 조금 놀란 상황.

나이는 장호보다 다섯 살 위인 스무 살 정도로 보이는 여인이었는데, 아무리 봐도 무공을 익힌 흔적이 묻어났기에 장호가 이리 묘하게 바라볼 수밖에 없었다.

청기.

홍기와 반대되는 개념이다. 홍기는 몸을 파는 기녀이지만, 청기는 몸을 팔지는 않는다. 대신 가무를 파는 여인들이었다.

물론 개념이 그렇다는 것이지 아예 몸을 팔지 않을 수는 없었다.

기루의 주인들이 그런 청기들을 내버려 두지 않기 때문이며, 또한 청기로 지내다가 홍기가 되면 그 값도 상당히 오르기 때문이기도 했다.

여하튼 아직은 청기라는 말은 이 여인이 처녀라는 뜻이며, 그녀를 사려면 어마어마한 값을 지불해야 한다는 의미이기도 하다.

장호가 이 여인이 스스로를 청기라고 소개하며 들어올 때부터 기묘하게 바라볼 수밖에 없는 이유이기도 했다.

무공을 익혔다.

몸짓, 손짓, 발짓 하나하나에 고련의 흔적이 엿보였던 것.

다만 장호의 능력으로는 그녀의 내공을 알 수 없으니, 그녀가 얼마나 강한 고수인지는 알 수가 없었다.

하지만 최소한 절정 이상은 되었을 터이다.

"그래, 청기라고?"

"예, 공자."

공자라. 적절한 호칭이로군.

"내가 청기를 청한 것은 음악을 들으며 술을 하려는 것이다. 어떤 악기를 다루느냐?"

장호는 전생에 했던 대로 그녀를 대했다. 이 여인이야말로 하오문의 사람일 것 같았지만, 지금 내색할 이유는 없었다.

"비파를 다루옵니다."

"그럼 비파를 한번 켜보거라. 내 심부름을 시킨 점소이가 올 때까지 그 음에 취해 보자꾸나."

"그러지요, 공자."

따랑.

그녀가 천천히 비파를 켠다. 그 음색은 몹시 훌륭한 것이어서 장호는 호오 하고 감탄을 내뱉고 말았다.

그녀의 섬섬옥수가 비파를 연주하는 모습은 한 폭의 그림 같아서, 그 아름다움도 가히 절경에 비견될 정도였다.

그렇게 음을 들으며 장호는 혼자 술을 따라 마시고, 스스로 차려진 상의 음식을 집어 먹었다.

그렇게 기이하다면 기이할 수 있는 풍경이 잠시간 계속되었고 이윽고 비파 연주가 끝이 났다.

"훌륭하군."

"감사하옵니다."

"그래, 점소이가 오지 않는 것을 보니 그대가 하오문의 사람인 듯한데, 맞나?"

"맞습니다, 장 의원님. 소녀는 하오문 산서성지부 소속의 예홍이라고 하옵니다. 무슨 일로 본 문을 찾으셨는지요?"

그녀는 아주 차분하게 미소를 지으며 응수한다.

장호는 피식 웃으며 술잔에 술을 따랐다. 그리고 그 술잔을 잡은 상태로 말을 시작했다.

"이번에 암귀방을 처리했는데… 내가 고수라는 소문이 좌악 퍼졌더군. 혹 알고 있나?"

"알고 있지요. 저희가 하는 일이 그런 일 아닌가요? 그리고… 저희의 일이 아니더라도 태원의 사람 중에서 모르는 이가 없을 테지요."

"그렇겠지. 그래서 말인데. 하오문에서 그 소문을 더 부풀려 주었으면 하네."

"부풀린다고요?"

그녀의 두 눈이 이제야 토끼처럼 동그래졌다. 이런 이야기를 하러 온 줄은 몰랐던 것이다.

"내가 비록 의방을 열었지만, 아직 그렇게 유명한 것은 아니지. 진선표국주님의 덕을 보아서 부호들을 진찰하고 다닌다고는 하지만 모자라다는 것이 내 생각이야. 그래서 이번 기회에 소문을 좀 키워보려는 게지."

"어떻게 하시려는 것인지 소녀가 들을 수 있을까요?"

"간단해. 장호 의원의 강함은 의술에서 비롯되었다. 그가 그렇게 강하다면 의술은 어떻겠는가? 신의가 나타났다. 의선문이라는 신비 문파의 전인이다. 이런 소문들이 퍼지면 되지 않겠나?"

짝!

그녀는 손바닥을 치면서 감탄을 터뜨린다.

"좋은 생각이시군요. 그를 통해 명성을 만드실 생각이신가요?"

"그렇지. 그리고 그 명성을 등에 업고서 이것을 내놓을 생각이거든. 견본으로 하오문에도 열 개를 내어주지."

장호가 품에서 목갑을 하나 꺼내었다.

"그건?"

"영약이라면 영약이고, 아니라면 아닌 물건이지. 노강환(怒强丸)이라고 하네."

"노강환?"

"정력제이지. 효과가 아주 좋고… 부작용도 없다고 해도 과언이 아닌 비전의 단약이야. 기력이 다한 노인도 이걸 먹으면 적어도 반 시진간 방사를 치를 수 있는 물건일세."

장호의 말에 예홍의 두 눈이 더 동그래졌다.

보통 사내의 방사 시간은 일각을 넘기가 어렵다. 그런데 노인조차도 반 시진이나 방사를 치를 수 있게 해 준다니?

그 말이 사실이라면 진정 명약이라고 할 만했다.

"이걸 판매하실 생각이시군요?"

"그러네."

"그리고 많은 돈을 버실 거구요."

"그렇지."

"장 의원께서 이런 분이신 줄은 미처 몰랐네요."

그녀의 말에 장호는 후후 하고 웃었다.

장호가 돈을 벌려는 이유가 스승의 유지 때문이라는 것을 그녀가 어찌 알까?

"그리고, 내 스스로 내려는 소문이지만 헛소문은 아니야. 스스로 이런 말하기는 뭐하지만, 이 중원에서 의술로만 다섯 손가락 안에 들어간다고 자부하거든."

"어머, 정말이신가요?"

"후후후. 거짓 같은가?"

장호는 그리 말하고서 술을 쭈욱 들이켰다.

"캬, 시원하군. 소문을 내어주는데 하오문만 한 데가 없다고 알고 있지. 얼마나 드나?"

"이 태원에서만 소문을 낸다면 금자 두 냥이면 될 듯하네요. 하지만… 중원 전역에 소문을 낸다면 더 돈이 들겠지요."

"태원에서만 잘 팔리면 되네. 어차피 멀리 갈 것도 아닌데 무슨 의미가 있나."

"그렇기는 하지만… 장 의원님은 제갈세가의 장중보옥이 앓고 있던 천형을 완화시켰지 않나요?"

과연 하오문. 그 정보도 알고 있었나?

"그러니 내가 천하의원 중에서 다섯 손가락 안에 들어간다고 자찬하는 거 아니겠나?"

"호호호, 그건 그러네요."

"자. 그러면 태원에 소문 좀 크게 내주시게."

"맡겨주시지요."

"돈은 선금으로 내지. 하오문을 믿으니까."

"본 문은 이런 일로 장난칠 정도로 신용이 없지 않으니 걱정 마시기를."

그녀의 말에 장호는 웃으며 돈을 꺼내었다. 금자 두 냥. 적은 돈은 아니었고, 소문을 내는 데 충분한 돈이기도 했다.

"그러면 비파나 더 연주해 보게. 돈을 낸 값만큼은 즐기다 가야겠어."

"장 의원님의 분부대로 하지요. 호호."

다시금 비파가 연주되었고, 밤은 깊어져만 갔다.

*　　　*　　　*

보아라. 그는 초절정의 고수이다. 고로, 의선문의 비전을 이어받은 그는 명의일 것이다.

그의 무공이 강한 것은 의술 때문이다.

의술이 무공의 모든 것이라는 걸 알고 있나?

장호에 대한 소문은 순식간에 부풀려져 태원 전체에 쫘악 퍼졌다.

신의가 태원에 나타났다는 소문은 장호가 했던 개업식에 왔었던 부호들을 중심으로 다시 한 번 퍼졌고, 그런 장호가 하나의 비밀스러운 영약을 판다는 이야기도 퍼져 나갔다.

노강환!

강하게 분노한다는 뜻의 이 환약이 가진 믿을 수 없는 효능! 그것은 바로 남자의 자존심을 세워준다는 거였다. 모두가 눈이 벌게질 수밖에 없었다.

부호들은 은밀하게 장호를 찾았고, 돈을 물처럼 썼다. 이 노강환의 가격은 무려 한 알에 금자 이십 냥이다.

일반인의 눈으로는 억! 소리가 나도록 비싼 약이지만, 부호들 입장에서는 못 사 먹을 정도의 돈은 또 아니었다.

물론 부호들 입장에서도 조금 비싼 가격이기는 하다. 하지만 위에서도 말했듯이 사지 못할 정도의 금액도 아니었다.

장호는 순식간에 한 달 만에 금자 천 냥 이상을 벌어들였고, 결국에는 노강환의 재료가 떨어져 더 이상 판매할 수 없다는 공문을 내걸어야 했다.

그러자 노강환의 가격이 두 배로 뛰었다.

이미 노강환을 샀던 자들 사이에서 매매가 될 정도였던 것이다. 부호가 아님에도 노강환을 샀던 이들은 이 노강환을 두 배의 가격을 받고 다른 이들에게 넘겼던 것.

게다가 노강환을 먹은 이들이 모두 입을 모아 그 효력을 칭송하니, 더더욱 장호의 명성이 드높아졌다.

장호는 이를 보다가 한 달을 쉬고 다시 노강환를 제조하여 금자 사십 냥에 팔았다.

한 달에 딱 육십 개만 만들 수 있다는 한정 판매라는 이야기도 같이하면서 말이다.

그야말로 놀라운 상술.

그러자 판매한 지 겨우 사흘 만에 육십 개가 모두 판매되었고, 장호의 손에는 금자 이천사백 냥이라는 거금이 다시금 들어오게 되었다.

그 전달에 금자 천 냥을 번 것을 합하면, 무려 금자 삼천사백 냥. 은자로 치면 삼만사천 냥을 벌어들인 셈이었다.

은자 한 냥으로 사인가족이 근근히 입에 풀칠은 하고 먹고 살 수 있고, 은자 두 냥이면 고깃국이라도 끓여 먹으면서 살 수 있음을 감안하면 어마어마한 돈이 아닐 수 없었다.

사 인 가족(四人家族) 일만칠천 가구(一萬七千家口)를 한 달 간 먹여 살릴 수 있는 돈.

다시 계산하면 육만팔천(六萬八千) 명을 한 달간 먹일 수 있는 돈.

그러한 돈이 장호의 수중에 쌓인 것이다.

태원에 살고 있는 부호의 수가 대략 삼백여 명이고, 이들의 재산에 비하면 장호가 벌어들인 돈은 사실 빙산의 일각에 불과하다.

그렇다고는 하지만 참으로 빈익빈 부익부인 세상이었다.

단지 정력제 하나 사 먹자고 이런 어마어마한 돈을 지불하니 웃기지 않을 수 있을까?

장호는 그렇게 어마어마한 돈을 벌어들이고는 피식 웃었다.

스승인 진서를 만나서 의술의 경지가 높아지지 않았던들 이런 획기적인 정력제를 만들 수 없었을 것이고, 이렇게 큰 거금을 벌어들이지도 못했을 터였다.

과거에는 만든 정력제로는 이렇게 크게 벌 수 없었을 것이다.

여하튼 이렇게 어마어마하게 돈을 벌어들인 장호는 다음 계획을 시작하기 위해서 준비에 들어갔다.

"어머. 다시 오셨군요, 장 의원님."

부드럽게 휜 눈웃음을 보면서 장호는 기분이 묘하다고 느꼈다. 하지만 그런 티는 내지 않고 자연스럽게 답했다.

"공자라고 불러주게. 왠지 나이 먹은 느낌이 나거든."

"호호호. 그러지요, 장 공자. 그런데 이번에는 무슨 일로 오셨나요? 듣기로 태원의 돈을 모두 쓸어 담고 계신다던데……."

"쓸어 담기는… 쓸어 담으려면 아직 멀었지."

장호의 말에 그녀는 호호 하고 웃으며 손으로 입을 가렸다. 그 모습이 고혹적이어서 전문적인 훈련을 받았음을 장호는 알 수 있었다.

무공뿐만 아니라 남자를 상대하는 방법까지 훈련받은 사람이라!

"그래서 이번에는 어인 일로 납시었나요?"

"의뢰를 하려고 왔네."

"또 소문을 낼까요?"

"아니, 사람을 찾아주게."

"사람을요?"

장호의 말에 그녀는 다시금 눈을 동그랗게 떴다.

"의술을 배우다가 사정이 있어서 그만둔 이들을 좀 찾으려고 하는데… 굳이 태원의 사람이 아니어도 되네. 산서성 전체를 대상으로 그런 이들이 있다면 좀 찾고 싶은데 가능하겠는가?"

"가능은 하지만… 목적이 무엇인지 알려주실 수 있나요?"

"고용을 하려고."

"고용이요?"

"선문의방을 크게 키우고 싶거든. 적어도 열 명은 필요한데… 사람이라는 게 그리 쉽게 구해지는 것은 아니니까. 어쨌든 정보를 원해."

"정보만인가요? 아니면 사람 소개를?"

"소개도 해줄 수 있나?"

"직업 알선도 저희가 주로 하는 일이죠. 의원뿐만이 아니에요. 총관에서부터 부엌데기까지 전부 구해 드릴 수 있으니까요."

"확실히 그건 편하겠군. 그렇다면 총관도 좀 부탁하지."

"알겠어요. 총관 한 명, 그리고 의원 열 명인가요?"

"그래. 다만… 아까도 말했듯이 의술의 실력이 낮은 의원이거나, 혹은 의술을 배우다 만 이어야 한다는 게 조건일세. 심성이야 당연히 나쁘지 않아야 하고. 아, 되도록 가족이 있는 사람이면 더 좋겠지만, 없어도 상관없네."

"조건이 점점 까다로워지지만. 한번 구해보지요."

"잘 부탁하지."

"뭘요. 추후 대금은 따로 청구하겠어요."

그렇게 장호와 하오문의 거래는 깔끔하게 끝났다.

第十五章

자, 이제 시작이야

시작이 반이다.

옛 잠언

하오문에서 구해주는 사람은 다 하나같이 하오문과 끈이 닿을 수밖에 없다. 때문에 그들을 전적으로 신뢰해서는 안 된다.

하지만 그들이 분명 쓸 만한 일꾼이라는 것도 사실이다. 때문에 장호는 그들을 쓰기로 결정을 한 상태였다.

가장 먼저 도착한 사람은 총관이었다.

"유병건이라고 불러주십시오, 방주님."

검은 수염을 조금 길게 기른, 청수한 인상의 중년 학사, 그는 자신을 유병건이라고 소개하며 진시에 합격했었던 거인이라고 밝혔다.

장호는 이미 유병건에 대한 정보를 하오문에 들은 바가 있다.

본래는 그 학문의 성취가 대단했고, 나름대로 운도 좋아서 뇌물을 안 쓰고도 진시에 합격한 수재.

그러나 현재 명나라는 썩었다는 것을 그는 제대로 알지 못했다. 그 결과 그는 죄를 뒤집어쓰고 파직당하고 만다.

현재는 여기저기에서 대필을 하고 글공부를 가르치는 것으로 벌어먹고 살고 있는데 수입이 부정확하여 결국 여기까지 오게 된 것이다.

거인 출신이라고는 하지만 파직당한 이후에 경리로도 일한 바가 있어서 돈 계산에도 밝기에 총관으로 제격이라는 사람이었다.

"이야기는 들었습니다. 그래서, 어떻습니까? 저희 의방에서 일을 해보실 생각은 여전합니까?"

"물론입니다, 방주님. 이 유 모를 써주시면, 견마지로를 다하겠습니다."

"그렇다면 좋습니다. 앞으로 총관이 되어서 의방을 잘 운영해 주세요. 여기는 제 제자인 이연과 이진이라고 합니다."

"잘 부탁드립니다."

유병건은 공손하게 포권지례를 해 보였다.

장호가 보기에 그는 무공이라고는 조금도 익히지 않은 학사 그 자체였다.

성격은 강직하다고 하는데 지금은 어떨지 모른다. 처음에야 강직했을지 모르지만 세파에 몸을 담아 힘든 시간을 보냈지 않은가?

"그럼 유 총관이라고 부르겠습니다. 일단… 제 목적을 말씀드려야 할 것 같군요."

"말씀 낮추시지요."

"비록 제가 유 총관을 고용했지만, 예의를 잃을 필요는 없다고 생각합니다. 여하튼, 이 문제는 제쳐 두고 제가 유 총관을 하오문의 소개를 통해 고용하게 된 것에는 이유가 있습니다."

"경청하겠습니다."

"저희 의선문은 개방처럼 한 가지 문규가 있습니다."

장호의 말에도 유병건은 침착한 표정을 유지하였으나 그다음 말에는 놀라는 표정을 지어 보였다.

"널리 사람을 이롭게 하라. 달리 말하자면… 어려운 이들의 생명을 구하라. 그것이 저희 문파의 문규지요."

"아……."

"선대의 여러분들은 그 문규를 위하여 노력하셨습니다만, 덕분에 문파의 존속에 위협을 받았고 지금에 와서는 저 혼자만이 남았을 정도로 문파의 세가 쇠락하게 되었습니다. 그래서 저의 스승님께서는 다른 방법이 필요하다고 생각하셨지요. 그리고 저 역시 그에 동의하였고, 저는 한 가지 방법을 생각해 냈습니다."

"그것이 무엇입니까?"

"아실지 모르겠습니다만 사람은 참 쉽게 죽습니다. 아주 작은 병, 몇 차례 간단하게 치료하기만 해도 치료될 수 있는 병을 치료하지 못해서 죽는 것이 바로 사람이지요. 의술을 한 달만 공부해도 치료할 수 있는 질병으로 많은 이가 죽어갑니다."

장호의 말에 유병건의 표정이 침중해졌다. 그리고 그 눈에 고통과 슬픔이 설핏 지나가는 것을 장호는 보았다.

그에게도 소중한 이를 잃은 과거가 있을지도 모른다.

"천하의 의원들은 단지 질병이 무엇인지 알아보는 진료에만도 서민들은 감당하기 어려운 돈을 요구합니다. 아주 작은 질병인데도 말이지요."

"그래서 방주님께서는 어찌하시려고 하십니까?"

"우선은 다수의 의원을 의선문의 이름 아래 묶을 생각입니다. 의원으로 치면 삼류, 혹은 사류 정도 되는 의원이라도 잔병치레는 충분히 고칠 수 있지요. 그들을 의선문의 아래에 모으고, 그들에게 아주 저렴한 가격으로 잔병들을 고치게 할 생각입니다. 이익을 보고자 함이 아닙니다. 그들 삼류에서 사류 정도 되는 의원들에게 월급을 줄 수 있는 정도만, 약재를 사들일 수 있는 돈을 벌 수 있는 정도만 값을 받는 거지요. 그것만 해도… 어려운 사정에 있는 사람의 태반은 구할 수 있을 테지요."

"그러한 돈도 낼 수 없는 사람들은 어쩌시렵니까?"

"일을 줄 겁니다."

장호가 빙그레 웃었다.

사실 이 구상은 전생에 했었다. 물론 그 당시에는 지금처럼 사람들을 구하겠다는 생각에서 한 것은 아니었지만.

"이 근방에는 약초를 재배하기에 좋은 지역이 많지요. 그리고… 약초를 제가 직접 재배한다면 약재값을 더욱 줄일 수 있지 않겠습니까?"

"아!"

일거리가 없고 돈조차 없는 사람들. 그런 사람들에게 약초 재배지에서 소작농으로 일하게 한다.

그리고 그렇게 생산된 약초를 가져와 그걸로 사람들을 치료한다. 유병건은 장호의 그 계획이 몹시도 매력적인 것임을 알 수 있었다.

다만 여러 가지 문제점이 없는 것은 아니었다.

유병건은 그 문제들을 해결할 방법을 생각해 봐야겠다고

다짐했다.

"이 유 모는 방주님을 평생 따르겠습니다."

"하하하. 우선 구상만 했을 뿐입니다. 그럼 앞으로 잘해봅
시다."

*　　　　*　　　　*

그렇게 유병건이라는 학사가 총관으로 들어오게 되었고,
그는 곧 장호와 이연, 이진에게서 금전과 의방의 운영에 대한
일을 모두 넘겨받았다.

그간 장호와 이연, 이진이 나누어서 했던 의방의 운영을 전
부 넘긴 셈이다.

그는 즉시 사람을 뽑았다. 하인으로 쓸 사람들이다. 규모
가 커졌으니 당연히 사람이 필요했던 것. 게다가 부엌에서 일
할 사람도 따로 뽑았다.

총 다섯 명을 추가로 뽑았는데, 밥 짓는 사람이 두 명에 하
인으로 쓸 사람이 세 명이었다. 모두 나이가 제법 있는 사람
으로 뽑았고, 그들은 유병건의 지시에 따라서 일을 하기 시작
했다.

유병건은 장호의 지시에 의해서 약초를 구입하는 일 또한
모두 도맡아 하게 되었다. 입출금의 관리를 하게 된 셈.

장호는 장원을 운영하는 운영 자금을 별도로 빼어 유병건에게 쓰도록 하였고, 그 외의 약초 대금 구입과 수익금은 대부분은 장호가 가져가 관리하였다.

장호의 개인 자금은 금마전장에 들어갔고 장호가 태원에서도 손꼽히는 부호 중 하나로 등극하게 된 것은 그야말로 순식간이었다.

태원의 부호들뿐만 아니라, 외부에서 온 상인들이나 부호의 수하들이 장호의 약을 사기 때문이었다.

그러다 보니 매달 만들어 파는 육십 개의 노강환이 안 팔린 적은 단 한 번도 없었다.

여하튼 그렇게 어마어마한 양의 돈을 벌어들이던 장호는 드디어 하오문에서 구한 의원들이 도착한 것을 알게 되었다.

일단 그들에 대한 정보는 따로 받았지만 정보와 사람을 만나서 직접 판단하는 것은 또 다르다.

그래서 장호는 그들을 만나보기로 했다.

*   *   *

"전이수라고 합니다."

"흠."

장호는 전이수라는 의원을 보았다. 이가의방이라는 곳에

서 십 년간 허드렛일을 하면서 의술을 배운 자인데, 이가의방의 방주인 의원 허생의 아내와 간통하다가 걸려서 도망친 작자라고 했다.

하오문의 조사에 의하면 아랫도리가 가벼운 것을 제외하면 딱히 나쁜 심성을 가진 것은 아니라고 하는데, 아랫도리가 가벼워 보일 만했다.

왜냐면 잘생겼기 때문이다.

외모만 보면 장호보다도 훨씬 나았다.

이런 녀석을 써도 될까? 장호는 잠시 생각하다가 그냥 쓰기로 했다.

하오문의 정보에 의하면 의술 실력은 이류 정도. 그리 대단하다고는 할 수 없지만, 그래도 병을 진단하는 능력 정도는 있었다.

그리고 이류 정도만 되어도 잔병은 충분히 고치고도 남으니 상관이 없었다. 전이수는 여기저기 떠돌아다니면서 강호 낭중 생활을 하던 중 하오문의 인도로 여기에 오게 된 사람.

앞으로도 이런 사람이 많을 거였다.

"좋습니다. 같이 일하죠. 그리고… 제가 어려 보인다고 헛된 짓을 하다가는 이렇게 될 겁니다."

장호는 돌을 하나 들어 보인 다음 그대로 악력만으로 부서 뜨렸다. 전이수의 얼굴이 순식간에 창백해진다.

"자, 그럼 잘 부탁합니다."

그렇게 장호는 전이수를 고용하기로 했다.

＊　　　＊　　　＊

순조롭게 고용된 의원이 무려 열두 명이나 되었는데, 그중에는 특이한 사람도 있었다. 명의라고 하기에는 조금 부족하지만, 의술 실력이 능히 일류 중에서도 상위권에 들어갈 만한 사람이 있었던 것이다.

허경이라는 사람으로 나이는 이제 사십대 중반이었다. 그는 상당히 진중한 사람인데, 그가 이곳까지 흘러들어 오게 된 것에는 기구한 사연이 있었다.

그는 본시 저 먼 광동의 신천의문이라는 문파의 의원이었다. 문파 같은 이름이지만, 의방의 하나로 제법 많은 의원이 모인 집단이기도 했다.

실제로 신천의문 출신중 한 명이 황궁 어의가 되기도 했다니 그 성세가 얼마나 대단하겠는가?

허경은 바로 그 신천의문에서도 제법 뛰어난 의원 중 하나였는데, 신천의문의 소문주가 저지른 죄를 대신 뒤집어쓰고 옥살이를 했단다.

일 년 정도 옥살이를 하고서 나온 그는 결국 광동성을 떠나야 했는데, 그게 바로 작년의 일이었다.

그는 여기저기를 떠돌다가 결국 흘러흘러 여기까지 온 거다.

그래도 그가 나이가 가장 많고, 의술 역시 훌륭하기에 장호는 그에게 의장이라는 직책을 주었다.

의원들의 우두머리라는 뜻으로 의장(醫長)이라고 부르기로 한 것이다. 즉, 중간 관리직이라고 할까?

여하튼 의장이 남은 열한 명의 의원을 통솔하기로 했다.

가장 먼저 한 것은 분야를 나누는 거였다.

골절상(骨折傷), 타박상(打撲傷), 자상(刺傷)같은 것을 외상이라고 칭하여, 외상만 진단하고 진료하는 외상조와 설사, 구토, 중독, 오한, 두통 같은 내적인 문제들을 해결하는 내상조로 나눈 것이다.

이는 장호가 전생에서도 자신이 운영하던 의방에서 실시하던 일이었다.

그 당시의 장호는 돈을 많이 벌려고 했고, 의원을 다수 고용하여 외상조와 내상조로 나누어 환자들을 상대케 했었다.

더 전문적으로, 그리고 더 많은 환자를 진료하고 치료하여 돈을 벌기 위함이었던 것이다.

외상조보다는 내상조가 더 많다.

외상보다 내상 쪽의 질병을 앓는 경우가 많기 때문이었다.

그리고 대도시인 여기는 더더욱 그랬다.

여하튼 열두 명의 의원 중에서 여덟 명은 내상조에, 나머지 네 명은 외상조에 배치되었다. 그리고 그들에게는 각기 필요한 의술이 전수되었다.

이미 의술을 어느 정도는 배운 이들이라서 기초적인 의술들을 가르치기에 편했고 그들은 약 석 달간 이론 교육과 실습 교육을 받은 이후에 진료를 시작했다.

장호는 그 일련의 과정 사이에서, 하오문을 통해 몇 가지 소문을 내어 사람들이 스스로 선문의방에 오도록 유도했다.

힘없고 가난한 자들을 치료해 준다.

다른 의원이나 의방에 비하여 오분의 일이나 더 저렴하다.

이러한 소문을 흘린 것이다.

그리고 그 소문이 나고 얼마 지나지 않아 환자의 수는 점점 늘어만 갔다.

그리고 겨울.

장호가 태원에 온 지 몇 달 정도 지난 시기.

선문의방에 오는 환자의 수가 하루에 물경 일천에 달했고, 의원의 수는 장호를 제외하고 총 스무 명까지 늘어나 있었다.

"이렇게 많이 올 줄은 몰랐는데……."

"방주님, 아무리 의원들이 치료를 한다 해도 이 숫자는 무리입니다."

유 총관의 말에 장호는 고개를 끄덕였다. 장호가 고용한 이들 중 절반은 삼류 의원이다. 때문에 잔병을 고칠 수는 있지만 오진도 속출하고 있었다.

물론 장호가 매일 한 시진씩 의술을 전수해 주었고, 의술을 독학으로 하게 하기 위해서 의서도 구해서 비치하고 있었다.

그러나 아무리 그렇다 해도 삼류 의원이 갑자기 일류 의원이 될 수 없는 법. 게다가 환자의 수가 너무 많아서 한 명당 하루에 오십여 명의 환자를 진료해야 할 판이었다.

그나마 다행인 것은 겨울이 오면서 환자의 수가 조금씩이지만 줄어든다는 점이었다.

초기에는 환자의 수가 이천여 명까지 늘었기 때문이다.

"의원을 더 늘려야겠죠?"

"예, 그러지 않는다면 모두 피로로 쓰러지고 말 겁니다. 방주님께서 만들어주시는 장생환이 있다고는 하지만⋯⋯."

장생환.

장호가 기력 회복과 피로 회복을 위해서 특별히 고안한 환약이다. 현재 선문의방의 의원은 전원이 이 장생환을 매일같이 복용하고 있었다.

이연과 이진의 경우에는 선천의선강기를 수련하였기에 다른 의원들과 다르게 피로 누적에 시달리지는 않지만, 환자들의 수가 많아서 수련 시간이 줄어들어 있는 상황이었다.

"수익은 어떻습니까?"

"도리어 흑자를 보고 있습니다. 환자 한 명 한 명에게서 나오는 이익은 무척 적지만, 그 수가 일천이나 되니까요."

실제로 그랬다.

현재 선문의방은 무려 하루 금자 두 냥의 수익이 나오고 있었던 것이다.

의원들에게 주어야 할 월급, 그리고 약재비, 그 외에 하인 고용비와 의식주를 해결할 여러 돈을 제하고도 남는 돈이 그랬다.

월 금자 육십 냥이라는 거금을 벌어들이는 중.

물론 장호가 벌어들이는 노강환의 금액은 뺀 것이지만, 여하튼 선문의방은 제법 많은 돈을 벌어들이는 중이었다.

보통 의원 한두 명이 운영하는 의방이 한 달에 금자 열 냥에서 스무 냥 정도를 번다고 보았을 때에, 어마어마하게 버는 셈이다.

"흐음, 숫자가 많아져서 그렇게 이익이 크게 났다는 거군요."

"그렇습니다, 방주님."

"그렇다면 의원을 좀 더 늘려도 되겠군요. 의원 한 명당 현재 월급을 은자 다섯 냥씩 주고 있으니, 의원을 삼십여 명 정도를 더 들여야겠어요."

"알아보겠습니다."

"그리고… 경비 무사 고용은 어떻습니까?"

선문의방은 규모가 커짐에 따라서 일단 진선표국과 금련표국의 표사를 고용해서 질서를 바로잡았다.

하지만 그들은 상당히 비싸고, 언제까지 그들을 계속 쓸 수는 없는 노릇이다. 그래서 장호는 유 총관에게 경비를 구하라고 지시한 상태였다.

"군문 출신의 사람을 구했습니다. 백부장까지 올랐으나 알력 다툼으로 군을 그만둔 사람인데 모아놓은 재산이 있어 궁핍하지 않아서 소일거리를 하던 사람입니다."

"그런 사람이 있었습니까?"

"예, 제 친우이지요."

"유 총관의 친우라면 믿을 만하겠군요. 그런데 그 사람 혼자서는 안 될 텐데……."

"그 친구의 휘하에서 일하다가 같이 군을 전역한 자가 여럿 됩니다. 그들은 낭인으로 일하고 있다니 그들을 부를까 합니다."

"좋습니다. 군문 출신이라면 나름대로 믿을 수 있겠죠."

"믿을 만한 사람입니다."

"수는 어느 정도나 됩니까?"

"듣기로 삼십여 명 정도라고 합니다."

"그 정도면 조금 모자란데……."

"그들의 가족 중에서 사람을 더 뽑아 쓰도록 하겠습니다."

"그렇게 하죠. 그리고……."

장호는 그 외에도 몇 가지 일을 더 지시했다. 주로 사람을 구하는 일이었지만 큰일도 있었다.

"그리고 주변의 빈민들이 사는 집을 사들여서 부수고 이 의방도 더 확장해야 할 것 같은데… 어떻게 생각하시죠?"

"의방을 지금 확장하는 것은 시기상조가 아닐런지요?"

유 총관은 약간 유보적인 태도를 보였다.

"아닙니다. 제가 부호들에게서 벌어들이는 노강환 판매 대금은 현재 고스란히 남은 상태가 아닙니까? 그러니 의방을 확대하는 것이 더 낫습니다."

"하지만 그 자금은 약초 농지를 구매하려고 하셨던 것이 아닙니까?"

"일부는 써도 됩니다. 벌써 모인 돈만 금자로 일만이 넘었으니까요."

"으음, 언제 그런……."

노강환의 판매 금액은 금자 육십 냥. 한 달에 육십 개를 판매하니 금자로 삼천육백 냥이었다.

기실 그동안 노강환을 판매해서 축적된 금액은 무려 금자 이만이천 냥이 넘은 상황.

  이 정도면 큰 사업을 시작해도 되는 액수이기도 했다.

  장호로서도 이렇게 돈이 잘 벌릴 줄은 예상하지 못했는데, 태원뿐만 아니라 외부에서 온 자들까지 장호의 노강환을 샀기 때문에 이런 일이 벌어진 것이었다.

  산서성에서 부호라고 소문난 이들 중에서 장호의 노강환을 사 먹지 않은 이가 없을 정도였다.

  "일단 의방의 확장과 의원의 고용을 계속 추진해 주시길 바랍니다."

  "예, 방주님. 의원의 고용은 허 의장과 함께 처리하겠습니다."

  "잘 부탁하겠습니다."

  그렇게 두 명의 회의는 끝이 났다.

  *　　　*　　　*

  장호는 유명해졌고 그에게는 생사판이라는 별호가 생겼다.

  실제로 장호가 노강환으로 거대한 부를 축적하면서도 여러 위급한 환자들을 치료하였기에 이 별호가 더욱 널리 퍼진 것이다.

만약 그가 노강환만 팔아치우고 제대로 의원으로서의 일을 행하지 않았다면 생사판이라는 별호가 과연 널리 퍼졌겠는가?

여하튼 생사판 장호의 별호는 태원에서는 모르는 이가 없었고, 산서성 전체에서도 제법 퍼져 있었다.

그리고 산서성 밖으로도 알음알음 퍼지는 중이었고 말이다. 물론 그것은 일반적인 인지도였고, 강호의 거대문파들은 대부분 장호의 출현을 알고 있었다.

개방과 하오문이 그 정보를 팔았던 것이다.

하오문과 개방 두 문파 모두 강호정보지라는 것을 판다. 새롭게 등장한 강자나 기인, 강호에 영향을 끼칠 것 같은 사건이나 인물들에 대한 정보를 모아서 파는 책이었다.

문파에 파는 것이므로 그리 많이 팔리지는 않는다. 그러나 강호의 대체적인 흐름이나 정보를 알 수가 있어서 어지간한 문파는 대부분 사 가는 책이다.

이 책의 가격은 무려 금자 오십 냥.

무시무시한 금액이지만 이 서책 하나면 적어도 반년 내 강호의 일을 어느 정도 알 수 있었다.

중원이 넓고 크니 이런 책이라도 있어야 하는 것이다.

그리고 장호는 그런 강호정보지를 개방을 통해서 공짜로

공급받고 있었다.

그 이유는 바로 장호의 치료 덕분이다. 선문의방은 거의 거저나 다름없는 값에 빈민들을 치료해 주었고, 그것은 개방사람이라고 해도 마찬가지였다.

태원에 있는 거지 중에서 선문의방을 거치지 않은 이가 없다 보니, 개방은 장호에게 고마움의 의미로 강호정보지를 공짜로 주었다.

그리고 강호정보지를 통해서 장호는 한 가지 사실을 알 수 있었다.

황밀교는 산서성에서 완전히 철수했다는 것.

"흐음. 이놈들이 완전히 사라졌다 이거지? 미래가 꼬이긴 꼬이겠는데……."

강호정보지에는 이리 적혀 있었다.

산서성 진선표국 공격 배후 완전 실종.

즉, 황밀교가 후퇴해서 흔적을 지웠다는 이야기다. 구지신개가 나섰음에도 찾지 못했으니 이들의 능력이 대단하다고 할 만했다.

하지만 반대로 말하자면 구지신개가 왔기에 그들이 물러간 것이기도 했었으니, 일이 공교롭게 흘러간다고 보아야 했다.

그들은 이 산서성에서 대체 무엇을 하려고 한 걸까?

과거에는 산서성의 여러 표국을 무너뜨리긴 했지만, 단지 그뿐이었다.

하지만 황밀교가 강호 전체로 치면 낙후된 지역이라 할 수 있는 이 산서성에 겨우 혼란 하나 만들자고 그런 비밀스러운 일을 했을 리 없다.

필시 황밀교가 사건을 일으킨 것에는 다른 이유가 있을 터.

그게 뭘까?

머리가 아프도록 고민을 해보아도 알 수가 없다.

황밀교 놈들이 대체 무슨 짓을 하고 다니는지는 황밀교의 사람들조차도 제대로 모르는 경우가 허다했지 않은가?

전생에서도 이놈의 황밀교 놈들이 대체 어디에서 발원한 것인지 찾아내지 못했었으니, 지금이라고 알 수가 있을까?

"하다 보니 세력이 커졌으니까 직속 무력 단체도 만들기는 해야겠는데. 흐음."

상단, 의방, 혹은 어떤 사업체.

그런 것들을 구성하는 초기체계는 사실 의외로 쉽게 만들 수가 있다. 그런 사업체의 주인이 되는 자가 능력이 있다면 빠르고 간단하게 만들어진다.

그러나 무력 단체는 별개였다.

물론 실력 좋은 무인들을 포섭이야 할 수는 있지만, 조직체가 자체적으로 수련시켜서 등용한 무인들에 비하면 충성도나 신뢰도가 크게 떨어지기 때문이다.

그래서 표국은 문파라고 취급을 하지 않는다.

그나마 금련표국은 표국주 번청산이 표사들을 제자처럼 대하고, 실제로 무공 전수와 무공 교육을 시키기에 충성도가 높은 편이기는 하다.

여하튼 그런 이유로 제대로 된 무력 단체를 만들기 위해서는 자체적으로 무공을 전수하여 수련시키는 과정이 필요하며, 그것은 꽤나 오랜 시간을 소모하게 만든다.

"그건 천천히 하기로 하고. 우선은 외부에서 고용할 수밖에."

장호는 책을 탁 하고 덮었다. 애초에 장호는 보통의 강호인들과는 생각하는 바가 다른 사람이었기에, 세력을 만드는 것에 대해서 다른 방면에서 생각해 보려고 하는 중이기도 했다.

"산서성은 앞으로 십 년 후에도 별다른 세력이 없으니… 내가 세력을 만들면 이 지역은 내 거가 되겠지? 그렇게 하고서 조용히 살면 되는 거야. 황밀교는 냅두고. 무림맹에서 알아서 하겠지, 뭐."

장호는 그렇게 중얼거리고서 강호정보지를 서가의 한쪽에 넣었다.

선문의방은 의선문을 재건하기 위한 기초 단계.

장호는 이미 전생에 제법 큰 의방을 운영한 바가 있었고, 그 당시에 장호는 약 열 명의 의원을 휘하에 두었었다.

당연하지만 의방을 보호하기 위한 낭인무사들도 고용한 바가 있다.

지금은 그것보다도 열 배는 더 거대한 규모를 만들어야 했다.

스승인 진서의 유지.

사람을 구하라.

그 계획을 차근차근 시작할 순간이 왔다.

장호가 생각하기에 사람들을 구하려면 그들에게 경제력을 갖추어주어야 했다.

사실 만병의 근원은 가난이다.

가난하기에 가벼운 질병조차 치료 못해서 죽어나가는 사람이 많은 것이다.

중원에 사람이 많은 것은, 죽는 사람보다 태어나서 살아가는 사람의 수가 많기 때문일 뿐.

그것은 어떤 의미로는 인세의 지옥이라고 할 만하다.

장호도 그건 안다. 하지만 자신의 일이 아니라며 신경을 쓰지 않았을 뿐이다.

비단 장호뿐만이 아니다.

누구나 그렇다.

나의 일이 아니고, 나와 관계된 일도 아니다. 그래서 신경 쓰지 않았기에, 그들 사회적 약자는 버려진 채로 인세의 지옥을 살아가고 있다.

　사람을 구하라.

　말은 간단하지만 이 간단한 말을 실천하기 위해서는 어마어마한 능력이 필요했다.

　그리고 장호는 그러한 능력을 가지기 위해서 필요한 것이 바로 돈이라고 보았다.

　장호 그 자신도 돈이 많이 있어야 하는 것이다.

　그 계획의 첫 단계인 정력제의 판매는 이미 호조.

　두 번째 단계인 의원의 확충과 총관의 영입 및 조직 정비는 이미 완료.

　세 번째 단계인 방어 무력의 확충은 진행 중.

　네 번째 단계인 약초 농지의 구입도 진행 중.

　무력 조직을 확충하고, 약초 농지를 구입한 이후 농지에 빈민들을 소작농 형태로 분산 배치한다면 적어도 몇 천, 혹은 몇 만을 장호가 구호할 수 있을 것이다.

　"흠, 혹 모르니… 식량 생산을 위한 농지도 구입해서 운영해야겠어."

　장호는 가뭄이나 홍수 같은 일로 기근이 올 것을 대비하여 식량을 생산하는 농지도 구입해 놓아야겠다는 생각을 추가로 했다.

이미 벌어놓은 자금이 상당하므로, 최소한 태원 인근의 농지는 거의 대부분 구입할 수 있을 터였다.

아니, 농지를 구입 안 해도 된다. 농지가 아닌 지역을 인부들을 투입하여 개간하고, 농지화하는 쪽도 나쁘지 않기 때문이다.

돈은 이쪽이 좀 더 들어가긴 하지만, 인부들에게 당장 급여를 줄 수 있어서 빈민 구제에 탁월한 효과를 줄 수가 있었다.

어느 쪽이 나을까?

"그건 상황 봐서 결정하기로 하고……."

장호는 거기까지 결정하고서 앞으로의 무공수련에 대해서도 생각해 보았다.

큰형 장일은 화산파에서 수련 중.

장삼은 원접심공만 수련하면서 요리에 매진.

"맞아."

장호는 자신이 벌어들인 돈의 일부를 들여서 무공을 사들인다는 것까지 생각해 냈다.

흑점을 이용한다면 거금을 들여 적어도 상승절학를 구입할 수 있을 터.

물론 그 정도의 무공을 구입하려면 어마어마한 자금이 필요하니 그 이하인 절정무공들 정도만 구매할 생각이었다.

"좋아. 모든 것은 계획대로."

장호는 흐릿하게 웃었다.

황밀묘가 나타나는 미래. 장호 그 자신은 무림맹과 황밀교의 싸움에 끼어들지 않을 것이고, 이곳 태원에 철옹성을 만들어둘 것이다.

그리고 그 누구도 장호를 어쩌지 못하게 만들리라.

『의원귀환』 4권에 계속…

마in화산
FANTASTIC ORIENTAL HEROES
용훈 新무협 판타지 소설
무림공적, 천살마군 염세악!
검신 한호에게 잡혀 화산에 갇힌 지 백 년.
와신상담… 절치부심… 복수무한…
세월은 이 모든 것을 잊게 하고
세상마저 그를 잊게 만들었다.
하지만.
"허면 어르신 함자가 어찌 되시는지……."
우연한 만남, 자신도 모르게 튀어나온 원수의 이름.
"그게… 한, 한호일세."
허무함의 끝에서 예기치 않게 꼬인 행로.
화산파 안[in]의 절세마인, 염세악의 선택!
Book Publishing CHUNGEORAM
WWW.chungeoram.com

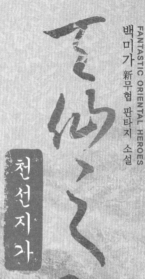

백미가 新무협 판타지 소설

FANTASTIC ORIENTAL HEROES

천선지가

불의의 사고로 죽은 청년 이강
그를 기다린 것은 무림이었다!

어느 날
그에게 찾아온 운명,
천선지서.

각인 능력과 이 시대엔 알지 못한 지식으로
전생에서 이루지 못한 의원의 꿈을 이루다!

『천선지가』

하늘에 닿은 그의 행보가 시작된다!

Book Publishing CHUNGEORAM

유통이 아닌 자유추구~
WWW.chungeoram.com

FUSION FANTASTIC STORY
월문선 장편 소설

화려한 귀환

머나먼 이계의 끝에서
다시 돌아온 남자의 귀환기!

『화려한 귀환』

장점이라고는 없던 열등생으로 태어나,
학교에서 당하는 괴롭힘을 버티지 못하고
자살이라는 극단적인 선택을 하게 된 남자, 현성.

"돌아왔다…… 원래의 세계로!"

이계에서 죽음을 맞이하게 된 현성은
자신을 죽음으로 내몰았던 현실 세계로 돌아오게 된다!

고된 아픔들, 그리웠던 기억들.
모든 것을 되살리며 이제 다시 태어나리라!

좌절을 딛고 일어나 다시 돌아온
한 남자의 화려한 이야기!
이보다 더 '화려한 귀환'은 없다!

FUSION FANTASTIC STORY
건(建) 장편 소설

컨트롤러
Controller

세상에게 당한 슬픔,
약자를 위해 정의가 되리라!

『컨트롤러』

부모님의 억울한 죽음.
더러운 세상에 희롱당해
무참히 희생당한 고통에 분노한다!

"독하게··· 살아가리라!"

우연한 기회를 통해 받은 다른 차원의 힘.
억울함에 사무친 현성의 새로운 무기가 된다.

냉정한 이 세상을 한탄하며,
힘조차 없는 약자를 대변하고자
내가 새로운 정의로 나서겠다!